회향

광우

조계종
출판사

정법^{正法}의 등불이 되기를

광우 스님의 법랍 70년 수행의 여정을 아름답게 회향하시는
『회향』 출간을 진심으로 축하드립니다. 스님은 한국 최초의
비구니강원 제1회 졸업생으로 동국대학교 불교학과를 졸업한
최초의 비구니로서, 현대 한국불교 비구니 역사의 중심에서
의연하게 수행해 오신 비구니계의 선지식입니다.

오직 정법^{正法}이 있어 나로 하여금 스스로 깨달아서 깨달은 사
람 즉, 부처가 되게 한다고 하신 말씀과 최상^{最上}의 공양은 법
을 잘 받아서 법을 잘 행하는 자, 이것이 여래^{如來}에게 공양하
는 것이라고 말씀하신 부처님의 유훈^{遺訓}을 몸소 실천하시기
위해 광우 스님께서는 일찍이 도심에 포교당을 짓고 오직 정
법 구현을 위해 진력^{盡力}해 오셨습니다.

'정법을 바로 믿고 바로 행해 참사람 되자'는 정신^{正信}, 정행^{正行}
을 주창하면서 《신행불교》를 창간하셨으니, 불교지가 흔치 않
던 1969년 당시 《신행불교》는 부피는 크지 않았으나, 알찬 내
용으로 훌륭한 문서포교의 역할을 담당해 왔습니다. 어려운

시절에 무상 법보시로 각 가정 외에 군부대, 교도소 등지에도 정법의 등불을 밝히신 광우 스님의 원력願力과 《신행불교》를 위해 애쓰신 여러분께 이 자리를 빌어 노고를 치하합니다.

그동안 《신행불교》에 게재된 광우 스님의 글을 모아 책으로 엮었다 하니 노스님 원행願行의 자취가 오래 남게 되었습니다. '법法을 보는 자, 여래如來를 본다' 는 정법의 메시지를 위해 몸소 궁행躬行하신 스님의 자취가 영원하길 기원합니다.

스님은 전국비구니회장 시절에 비구니회관을 건립하고, 보덕장학금, 상락장학금을 마련하여 불교학과 학생들에게 수혜하였으며, 불교학자 김동화 박사님을 기리는 '뇌허학술상'을 제정하여 한국불교 발전에 크게 기여하셨습니다. 평생을 정법 구현과 비구니 승가의 발전, 그리고 우리 사회를 위해 일관되게 정진해 오신 스님의 행적을 치하드립니다.

『회향』이 광우 스님에게는 작은 위안이 되시기를, 그리고 독자 제현에게는 정법을 밝히는 등불이 되어 세상을 한층 밝히는 길잡이가 될 것으로 기대하며 추천사에 갈음합니다.

불기 2553년 6월
대한불교조계종 총무원장 지관

때로는 지혜를 때로는 격려의 가르침을

광우 스님께서 포교를 하겠다는 뜻을 세우시고 서울 성북동 산꼭대기에 200평 남짓한 한 뙈기의 땅을 구입해 작은 절을 지은 것은 1958년이었다. 정각사正覺寺, '바른 깨달음을 성취할 수 있도록 해야 한다'는 결의가 담긴 이름이었다. 스님은 시대에 맞는 새로운 불교 운동을 시작했다. 그 지침은 정법正法과 정신正信, 그리고 정행正行으로써, 바른 법을 바로 믿고 바로 행하자는 것이었다. 그것은 구체적으로 불교의 현실화, 불교의 생활화, 불교의 대중화였다. 즉, 누구라도 믿을 수 있는 불교, 누구라도 행할 수 있는 불교, 누구라도 전할 수 있는 불교라고 표방했다.

첫 법회에 참석했던 신도는 단지 다섯 명이었다. 그러나 그 작은 공간에서 그처럼 소수로 출발한 정각사는 그 후 50년 동안 서울 포교의 중요한 거점이 되었다. 우리 불교학계의 태두泰斗이셨던 김동화 박사님을 비롯해서, 황성기, 홍정식, 원의범, 이재창, 김영태, 오형근, 박선영, 서윤길 교수와 같은 불교학계의 중추적 역할을 한 거의 모든 학자들이 이곳에서 가르쳤다. 어린이 법회, 중고등학생 법회, 대학생 법회, 일반 신도 법회가 활발하게 열렸다. 승속僧俗을 아울러 현재 불교학계에서 활약하고 있는 학자들, 많은 불교계 인사들이 정각사와 인연을 맺게 되었다.

이와 같은 왕성한 활동과 더불어 문서포교도 했는데, 1969년 2월부터 《신행회보》를 발간하기 시작했다. 훌륭한 법사들의 강의를, 법회에 참석하지 못한 사람들에게 들려주기 위해 갱지에 등사한 34쪽의 팸플릿 수준이었다. 그러나 내용이 좋았기 때문에 독자들이 늘어났다. 전국의 교구본사와 주요 사찰과 군부대, 교도소, 심지어 외국에까지 보냈었다. 11주년을 맞이해서 판형과 체제를 바꾸고, 인쇄본으로 간행하면서 이름도 《신행불교》로 고쳤다. 이것은 1996년까지 27년 동안이나 계속되었으니, 휴간과 속간을 반복하던 불교 잡지계에서는 기록적인 장수였다.

『회향』은 광우 스님께서 《신행불교》에 쓰신 권두언과 운문사 강원에서 펴내는 《운문》지에 기고한 글들의 일부를 뽑아 정리한 것이다. 《신행불교》가 간행되던 1969년에서 1996년은 국가적으로뿐 아니라 불교계 역시 매우 다사다난한 세월이었다. 스님께서는 짧지 않은 이 기간 동안 경전, 교리, 신앙생활, 교단 행사, 사회문제 등 다방면에 걸쳐 관심을 가지고 사람들에게 가르침을 주셨다. 때로는 지혜를, 때로는 격려와 위로를 주셨다. 스님 개인적인 삶의 자취뿐만 아니라 격동기의 한국 불교계 역사를 엿볼 수 있는 내용도 실었다. 그러나 알맞은 한 권의 책으로 만들기 위해 많은 글 가운데 일부만을 취하지 않을 수 없었음이 아쉬움으로 남는다.

얼마 전 오랜만에 정각사를 방문했다. 그날따라 그곳 모습이 새롭게 보였다. 내가 처음 정각사를 방문했던 1982년 1월, 그때 모습 그대로였다. 녹슨 철문, 마당에 놓여있는 초라한 몇 개의 시멘트 디딤돌, 좁은 마당가의 작은 장독대, 오래된 요사채와 법당. 갑자기 콧등이 찡해졌다. 지난 27년 동안 우리 주위는 얼마나 많이 변했는가. 그렇지만 정각사는 그때나 지금이나 똑같았다. 달라진 것이라곤 주지스님 방의 텔레비전이 바뀌었고, 흔들의자 하나, 그리고 법당의 벽화 몇 장뿐이었다. 스님께서는 50여 년 동안 크고 작은 일들을 많이 하셨고, 알게 모르게 많은 사람들을 도우셨다. 그러면서도 정작 자신을 위해서는 거의 아무것도 하시지 않았던 것이다.

스님께서는 절 주위를 함께 걸으시면서 이런저런 이야기를 들려주셨다. 몇 년 전에 처음으로 절 옆에 있는 건물과 얼마간의 땅을 매입하셨다고 했다. 정각사의 미래를 위해서였다. 스님께서는 다음 세대가 이곳에서 해야 할 일을 담담하게 설명해주셨다. 정각사의 모든 것은 이제 제자에게 넘겨졌다. 스님은 자신의 임무와 역할이 끝났음을 아시고 일체를 놓아버린 편안한 모습이셨다. 세월과 인생의 의미를 깊이 체득하신 결과일 것이다.

정각사를 떠나면서 지난날 함께했던 여러 가지 일과 인연 깊었던 사람들을 생각했다. 역시 스님께서 그동안 나에게 물심양면으로 베풀어주셨던 많은 도움과 사랑을 떠올렸다. 지나가버린 세월에 대한 그리움과 앞날에 대한 쓸쓸함이 가슴을 채웠다. 정각사 1세대의 '회향廻向'이 시작되었음을 생각했기 때문이다.

불기 2553년 6월
기림사 동암에서 호진

차례

회향

어둠에서 빛으로

서성거리는 이들에게

피안을 향하여 마주 선 사람처럼 봄을 바라보니 일생을 헛되이 보낸듯 지난날이 돌이켜 진다. 돈독히 닦지 못하고서 어느덧 지천^{知天}의 나이에 이르러 겨우 봄풀을 보고서 낙엽을 알며 생사의 표상을 깨닫는다. 이 세상의 세력가, 부자, 빈자, 지혜 있고 슬기로운 자, 어리석은 자, 무력자…. 이들은 모두 백 년을 채우지 못한 봉분 속의 명패에 불과할 뿐이다.

　부처님께서도 말씀하신 인생의 공도^{空道}가 바로 이것이다. 우리는 '공수래 공수거'하면서 욕망 때문에 일생 동안 괴로워해야 하고 애증에 엇갈려 악연의 과보를 남기며 숨을 거둔다. 그러고도 잘살게 해달라고, 돈이 남보다 많아 잘 먹고 잘 입고 호화로운 생활을 하게 해달라고 부처님께 엎드려 비는 이들의 그 빈약한 기구祈求의 내용이 가엾기까지 하다.

그러니 혜자慧者가 우자愚者를 어루만지듯이 부처님께서 중생을 얼마나 또 가여워 하시겠는가? 아무리 아끼고 소중히 해도 이 몸은 정명定命이 있는 것을…. 그러므로 부처님께서는 무거운 발걸음을 옮기지 아니하신 곳이 없으며, 45년간을 가르치신 '자아 완성의 해탈' 이것이 최상의 행복임을 밝히셨다. 그런데도 어리석은 중생은 행복의 기점을 배부른 돼지 정도에 두고 있다니. 마음과 부처와 중생은 차별이 없으므로 우리의 마음이 미혹해지면 중생이 되고, 마음을 깨달으면 부처가 될 수 있는 것을, 이렇듯 소중한 일심一心을 그 정도에 머무르다니…. 부디 함부로 상像을 그리지 말고 본성의 자리를 밝혀 한 곳으로 나아갔으면 싶다.

세간의 허상에만 마음이 쏠려 눈앞의 꽃만 보지 말고 그 꽃이 낙엽임을, 반드시 스러지는 목숨임을 생각하자.

봄에 가을을 알고, 젊어 일생을 준비하는 슬기가 참으로 필요하다. 조그만 씨 한 알을 빈 뜰에 심어보라. 뜻하지 않았던 열매의 기쁨을 만난다. 경작을 기다리는 봄의 대지. 심기만 하면 그대로 꽃이 되고 열매를 주는 우리의 심전心田에 서둘러 식목을 해야 하겠다. 봄에 수고한 자가 어찌 가을에 거둘 것이 없겠는가. 이것이 무상의 도를 사는 불자의 슬기이리라. 보행의 걸음으로 인욕의 걸음으로 복전을 닦는 행자가 되자. 작은 일이라도 남에게 도움을 주고 이바지되고자 하는 사람은 이 세상에 나와서 자기의 빚을 줄여가고 있는 것이니, 노력으로써 그 두터운 업망業網을 헤쳐나가는 깨달은 자라 하겠다. 조그마한 선행, 봉행의 일권수一拳手, 일반족一般足. 행行은 신信보다 뛰어나고 신은 행의 근본이니 어느 한 가지라도 빼지 말고 수행해나가는 일이 무엇보다 바람직하다고 하겠다. 행이 있으되 믿지 않아 교만스레 되지 말고 신이 있으되 행 없어 어리석지 말고 육바라밀의 지침을 잘 받들어 수행해나가면 이생에서 저생으로 넉넉한 바람처럼 왕래하는 운수납자가 되리라. 마음의 끈을 다 풀고 하늘을 오르는 연처럼 이 속박된 세상에서 자유인이 되자. 배 없는 도강渡江을 목전에 두고 서성거리는 사람들에게 육환장의 자력을 알게 해주고 싶다. 보시, 지계, 인욕, 정진, 선정, 지혜의 여섯 고리로 된 이 지팡이가 자아 완성의 해탈의 길로 인도하는 부처님의 길잡이인 것이다.

　오직 신과 행으로써 시작하고 마무리하는 불교인이 되자. 내가 건너야 할 죽음의 강물이 계속 흐르며 다가오고 있다.

여름과 불교인

인간과 관련된 모든 문제는 결국 삶의 문제이다. 따라서 종교
도 인간의 삶을 떠나서는 생각할 수 없다. 모든 종교는 각각
그 입장에 따라 그들의 진리를 가르치고 있다. 그 진리란 궁극
적으로 우리 인간이 어떻게 삶을 영위해 가는 것이 가장 올바
른 것인가에 대한 것이다. 정도^{正道}란 삶에 있어서 가장 바르고
밝은 삶의 마음가짐, 태도 및 방식 외의 다른 것이 아니다.

　진리란 삶의 길이며, 그 길은 삶에 있어서 올바른 마음가짐
과 태도 및 행동 방식이라고 한다면, 여름철에 있어서 불교인
의 삶은 어떻게 영위되어야 하는 것일까? 인생의 영원한 길에
어찌 여름과 겨울의 차이가 있겠는가? 그러나 영원하고 불변

하는 길은 끊임없이 변화하는 현실의 상황 속에서 다양하게 구현되는 영원이요 불변의 길인 것이다. 그러므로 잠이 오면 잠자는 것이 인생의 길이며, 배고픈 사람에게 계속 굶으라고 가르치는 것은 바른길이 아니다. 따라서 불교가 인생에 있어 참답고 올바른 길을 가르치고 있다면 여름의 무더위 속에서 더욱 무더워지라고 가르칠 리 만무하다. 다시 말해, 여름의 무더위를 올바르게 극복할 수 있는 길이 제시될 수 있는 원리가 당연히 불교에 있을 것이다.

불교에서는 모든 것이 마음에 의하여 생겨나기도 없어지기도 한다고 가르친다. 그러므로 『화엄경』에서는 마음을 화가에 비유하기도 한다. 마치 화가가 붓을 움직이는 대로 여러 모양이 그려지듯이 마음의 상태에 따라 삶의 상황이 달라진다는 것이다. 따라서 불교의 입장에서 볼 때, 여름의 무더위도 우리의 마음가짐에 따라 극복될 수도 있고 반대로 더욱더 심한 더위를 받을 수도 있다. 그러나 그 마음가짐도 우리의 일상적인 삶을 떠난 상태에서 나타나는 특별한 마음가짐이라면 아무런 의미가 없다. 수도승들이 세속적인 일상생활을 떠나서 올바른 마음가짐의 수련에 전력한다 해도, 궁극적으로 일상생활에서 그 수련의 힘이 나타날 때에 그 진정한 의미와 가치가 있는 것이다.

일찍이 중국의 남전南泉 스님은 '어떤 것이 도道입니까' 라는 조주趙州 스님의 질문에 '평상심平常心이 도이니라'고 대답하셨거니와, 이 화두는 불교의 길이 어디에 있는지 명료하게 보여준다. 물론 이 화두는 이론적으로 분석하거나 추리하여 설명할 성질의 것은 아니지만, 다만 불교인의 참된 길이 본질적으로 우리의 삶을 떠나서 존재하는 특별한 것이 아니라고 하는 것임에는 틀림이 없겠다.

여름이 되면 산으로 바다로 피서를 간다. 농촌에서는 더욱 일손이 바빠진다. 공장도 업종業種에 따라서는 더욱 일거리가 많아지는 곳도 있다. 학문과 지적 교양을 넓히려는 사람에게 여름은 더위의 고통이 걱정되면서도 기대에 부푼 휴가가 주어지는 황금의 계절이다. 각기 자기의 필요한 일상의 삶을 충실히 영위하면서 더위를 극복하는 길은 무엇일까? 더위를 피하지 않고 정복하는 길이 우리의 구체적인 현실 생활에서 어떻게 전개될 수 있을까?

모든 것이 마음 상태에 달렸다고 한다면, 각자 자기의 일에 몰입하여 주관과 객관이 혼연히 하나가 된 무아無我의 경지에서는 더위가 있을 수 없다. 다시 말해 삼매의 경지에서 일에 몰두할 때 극서克暑도 가능하고 새로운 창조도 나타날 것이다. 선禪은 삼매와 같은 의미이기도 하거니와 불교인의 극서는 무시선無時禪, 무처선無處禪의 평상심에서 그 길이 열린다고 하겠다.

보임保任 어떻게 할 것인가

불교의 수행 생활에 있어 보임保任은 대단히 중요한 개념이면서도 일반 불교도에게는 잘 알려져 있지 않은 말 같다. 보임은 보호임지保護任持의 준말로, 잘 보호하고 간직해 지닌다는 말이다. 무엇을 잘 간직할 것이며, 잘 간직한다는 것은 어떻게 함을 말하는 것인가?

보임은 본디 선가禪家에서 수행자가 깨달은 바를 잘 간직하여 무르익혀 완전히 인격화시키는 수행 생활을 말한다. 아무리 깨달았다 해도, 이 깨달은 바를 무르익혀 완전히 인격화시키지 않으면 그 깨달은 바는 곧 사라질 수도 있고, 또 깨달음의 내용과 실제의 생활이 일치되지 않는 면이 나타나기 때문에 깨달은 후에도 계속적인 수행으로써 보임이 요청되는 것이다. 비유해서 말한다면, 쌀을 솥에 넣어 밥을 지으려 할 때, 끓었다 해서 밥이 다된 것은 아니다. 끓은 쌀이 무르익도록 뜸을 들여야 한다. 끓는 것이 깨달음이라면, 뜸 들이는 작업이 보임이라 할 수 있다. 이렇게 볼 때, 보임은 깨달은 사람만이 할 수 있는 수행의 마무리 과정이라 하겠다.

그러나 보임은 보다 넓은 의미로 확장하여 이해할 필요가 있다. 철두철미하게 깨닫지는 못했다 하더라도 우리가 나아가야 할 삶의 방향과 실천의 내용은 벌써 부처님이나 조사들에 의하여 우리에게 제시되어 있다. 이 가르침들을 하나하나 음미하면서 마음에 아로새겨 삶의 모든 영역에서 실현시켜 가는 수양으로써의 보임이 요청된다. 그러는 가운데 그 가르침이 우리의 삶에 있어서 지니는 의미와 가치도 새롭게 체득되어질 수 있다. 이와 같은 보임이야말로 자기 자신을 개혁하는 활동이다.

오늘날 우리 불교계에는 이상한 폐풍이 없지 않다. 한동안 불철주야 용맹정진하고 나면 갑자기 깨달았다고 자고自高하면서 괴벽한 행위를 서슴지 않는 경우가 있다. 때로는 불법의 규범에 어긋나는 행위를 하면서도 그것이 마치 무애행인 양 스스로 속이고 남을 그릇 인도하기도 한다. 이들이야말로 천하의 선지식들이 깨달은 후에 더욱 자중하면서 보임에 힘쓴 수행을 본받아야 할 사람들이다. 또 하나의 폐풍은 불교는 철학적인 종교로서, 그 진리를 알면 되는 것이지 그 외의 문제는 지엽적인 것이라고 하는 오해도 없지 않다.

그러나 이들은 불교에서 '안다' 또는 '깨닫는다'고 할 때에 그 의미가 무엇인지 참답게 이해하지 못하는 사람들이다. 참답게 '안다'는 것은 실천적 삶을 떠나서 가능한 것이 아니다. 오늘날 인간에 관한 여러 학문의 증언에 의하면, 인간이 '안다'는 것도 사실은 인간 '삶'의 한 면인 것이다. 과거의 선지식들은 한순간의 깨달음 하나만으로는 얼마나 그 앎이 불철저한가를 그 누구보다도 사무치게 깨달았기에, 깨달은 이후에 그토록 피나는 보임의 생활을 한 것이 아니겠는가? 또 다른 폐풍은 보임을 깨달은 스님들만의 전유물로 착각하는 것이다. 원래의 의미에 있어서는 그럴지 모르나 그 의미를 넓혀 해석할 때에는, 누구나 자기가 이해한 만큼의 불법을 스스로 무르익혀 자기 자신을 정화하고 다른 사람들을 깨우쳐 사회를 정화해 나가는 것 역시 하나의 보임인 것이다. 이러한 보임이 뒤따르지 않는 불교의 이해는 아직 불교 자체에 대한 무지라고 해야 할 것이다.

보임의 실천을 흔히 '목우행牧牛行', 즉 '소 먹이는 수행'이라 한다. 여기에서 '소'는 본래적이고 본질적인 자기 자신, 즉 본성을 가리킨다. 따라서 소 먹이는 수행이란 본래적인 자기 자신을 그의 삶 전체에 있어서 잘 드러나도록 무르익혀 길들이는 과정이다. 그런데 이 '소'의 의미를 자기 자신으로만 한정할 것이 아니라, 그 본질에 있어 나와 둘이 아닌 모든 중생 하나하나로 확대하여 해석해야 할 것이다. 따라서 보임으로써의 '소 먹이는 수행'은 자기 자신을 완성해 가는 실천인 동시에, 다른 사람들을 하나하나 깨우쳐 완성해감으로써 개인의 완성과 사회의 정화가 하나로 통합되는 수행이어야 한다. 이러한 보임이야말로 대승불교의 보살행인 것이다. 이와 같이 보임이 철저하게 인식되고 생활화될 때, 비로소 한국불교의 장래가 밝아질 수 있을 것이다.

화두의 세계

화두라는 말의 의미는 '말머리'이다. 선사와의 대화 가운데서 나타나는 문제다. 그 화두는 진리를 직접 나타내는 말이기에 단순한 의미 분석이나 이론적 체계를 가지고는 알 수 없는 문제다. 말은 말이로되 말 이전의 세계를 직접적으로 지시하는 것이기에 일상적인 말의 의미 분석이나 형식논리적 이론 체계를 가지고는 알 수 없는 것이 화두의 세계이다. 따라서 화두의 말에 얽매이면 이 또한 화두를 배반하게 된다. 마치 달을 가리키는 손가락에 사로잡히면 달을 가리키는 손가락의 의미를 저버리고 마는 것과 같다.

대저 참선을 한다는 것은 무엇을 함인가. 자기 자신의 본래

모습을 찾는 것이 참선이다. 그릇된 경험과 생각으로 드러나 있지 않은 자기 자신의 본래면목을 뚜렷하게 나타나도록 마음을 밝고 맑게 하는 일이다. 일체의 잡념에 의해 마음이 흔들리지 않도록 하는 정신 통일의 작업이기도 하다. 이러한 정신적 수행에는 여러 가지 방법이 있다. 부처님의 위대한 모습이나 가르침을 관조하는 관상법觀想法이 있고 마음을 그저 고요하게 하여 무념무상의 상태에 들어가는 방법도 있다. 경전을 읽더라도 그 말뜻이나 논리의 형식을 분석하거나 따지지 않고 말씀 그 자체를 직관적으로 관조하여 삼매의 경지에 들어가면이 역시 참선의 성격을 지닌 수행이 된다.

그러나 선의 경지에 들어가는 방편문方便門으로써는 화두를 통하는 것이 가장 첩경이다. 그냥 무념무상의 세계에 들어가려 하면 자칫 멍한 단공單空에 떨어지기 쉽다. 경전을 통한 선은 역시 사변이나 논리에 빠지기 쉽고 문자나 언어에 구속되기 십상이다. 염불과 진언에 의한 방법은 고성의 칭명稱名이나 진언의 송誦에 자신을 잃기 쉽다.

쇠망치가 치는 듯한 화두의 충격이라야 사변과 논리가 개재할 틈을 주지 않으면서도 멍한 단공에서 벗어나게 할 수 있다. 전 인격에 육박해오는 화두 덩어리가 마음에 자리 잡아 수행자의 모든 행동과 정신 상태에서 떠나지 않게 된다. 화두의 덩어리가 사라지지 않고 작용하고 있어 항상 화두 속에서 숨 쉬고 말하며 행동하게 된다. 여기에서 화두와 '나'는 둘이 아닌 하나의 경지에 이르게 된다.

육도만행

불교에서는 모든 선행과 수행을 만행萬行이라 한다. 「칠불통계게七佛通戒偈」에 '악한 것은 일체 하지 말고 착한 일은 모두 받들어 행하라. 스스로 그 뜻을 정화하면 이것이 불교이니라[諸惡莫作 衆善奉行 自淨其意 是諸佛教]'라고 한 것을 보면 선행, 즉 만행은 불교의 핵심적 내용이 된다. 다시 말해 만행은 불교인이 성취하고 실현해야 할 생활의 모습이다. 이 만행을 닦아감으로써 불교의 도가 성취될 수 있는 것이기도 하다. 이렇게 볼 때 만행은 불교가 도달하고자 하는 목표로 인도하는 길이기도 하다. 만행을 통하지 않고는 불도를 이룰 수 없고, 불도를 이룬 사람 또한 만행을 실현한다.

경전에는 부처님께서 이 세상에 출현하신 것은 중생을 구제하기 위해서이고, 그 구제 행위는 모두 자비의 실천이라고 한다. 따라서 부처님의 모든 행동은 불도를 성취한 사람의 만행이라 할 것이다. 부처님은 항상 제자들과 함께 선정의 생활을 하시면서도 끊임없이 도처에 유행遊行하시면서 사람들을 깨우치셨다. 그러한 유행의 여행을 쉬지 않고, 끝내는 그 유행 중에 열반하셨다. 이 모두가 바로 부처님의 만행이다. 이렇게 본다면, 세간을 등지고 자신만의 안일과 즐거움을 누리려는 것은 부처님의 정신을 배반하는 것이라 할 것이다.

대승불교에서는 흔히 보살이 육도의 중생 세계를 무수히 넘나들면서 육바라밀을 실천하는 것을 만행이라 한다. 그 육바라밀 가운데서도 만행은 특히 보시와 지계 및 인욕의 자비행을 뜻한다. 보살이 인욕을 닦고 실천하는 그 수많은 봉사와 희생의 생활을 만행이라고 하는 것이다. 이 이타利他의 만행을 통하지 않고는 진정한 자리自利는 이룩할 수 없는 것이 대승불교의 정신이라고 할 때, 만행이야말로 자기를 완성시키는 길인 동시에 모든 사람을 구제하여 광명과 사랑이 넘치는 이상 사회를 성취시키는 관문이다.

선가禪家에서는 깨달았다 해도 마음과 육체에 배어든 오랜 세월의 습관성은 일시에 없어지는 것이 아니므로, 그 깨달음을 보전하고 무르익혀 완전히 내면화하고 체질화하여 생활화하기 위한 보임保任의 수행이 필요하다고 한다. 이 보임의 기간 동안에는 만행을 닦아야 한다. 수많은 선사들이 한 철을 지낸 후 천하를 행각行脚한 것은, 눈 밝은 선지식을 만나 자신의 깨달음과 수행을 점검해보기 위한 구도의 여행일 뿐만 아니라, 자신의 깨달음을 널리 세간에 펴서 실천하고 그 실천을 통해 자신의 깨달음을 더욱 무르익히고 체질화하는 보임의 만행이기도 하다. 한 생각 반짝했다고 해서 그것으로 대도大道가 전부 성취되었다고 여기는 것은 불법을 그르치는 생각이다. 만행으로 통하지 않고는 성도成道의 길은 멀다.

현대는 모든 것이 분화된 분업 사회이다. 자기의 분업에만 몰두하다 보면 전체적인 사회에 무관심하기 쉽다. 특히 소가족의 가정에 매달리다 보면 왜소한 소시민이 되어 자신과 자신의 가족 외에는 무관심하기 쉽다. 나 개인이나 가족 또는 분업화된 나의 사회적 책무는 사회 전체 내지 인류 전체와의 관계 속에서의 개인이요 가족이며 직업이기 때문이다.

불교의 길을 가로막는 것에는 여러 가지가 있다. 그러나 그 가로막는 것 가운데에서도 가장 핵심인 것은 이기심에 바탕을 둔 망념이다. 선가에서는 이 망념을 극복하는 데 꼭 유의해야 할 점은 자만심과 비굴심이라고 말한다. 한 생각 반짝했다고 해서 다 깨달았다고 하는 생각이나 한두 가지 선행을 했다고 하여 자신이 선인이라고 하는 것은 불도를 너무 쉽게 생각한 자만심이다. 그렇다고 해서 '나같이 별수 없는 사람이 어찌 진리를 깨달을 수 있겠는가?'라고 하거나 '그 무수한 만행은 나 같은 사람과는 다른 특별한 사람만이 할 수 있는 것이다'라고 생각하고 스스로를 비하하여 물러서는 것은 '개공성불도皆共成佛道'의 불교 이념을 망각한 비굴심이다.

만행을 통하지 않고는 불도를 이룰 수 없고 또 불도는 만행에 그 도달점이 있으며, 만행에 있어 자만심이나 비굴심은 경계해야 할 태도이다.

뜻 있는 인생길

우리는 이웃과 수없이 옷깃을 스치면서도 인사 한마디 나누지 않고 지내기가 예사다. 이것은 인생동도人生同道의 단절을 의미한다. 사찰에 들어가면서도 합장배례 할 줄 모른다든지, 법문이 베풀어지고 있는데도 청법할 줄 모른다든지, 버스 안에서 매일 만나다시피 하면서도 무표정, 무관심하다든지 하는 것등은 모두 인생동도를 놓친 현상이다.

뜻 있는 인생, 참으로 잘 사는 삶을 누리기 위해서는 먼저 사람이 살아가는 사실, 그 현상을 올바르게 알아야 한다. 사람이 사는 참모습은 어떠한 것이며, 스스로가 끝없는 정진을 통해 터득하고 일궈서 깨어나도록 하는 것이 어떠한 것인지를 알려면 바로 종교를 알아야 한다. 참다운 자기를 망각하면 참다운 인생이 아니며, 맹목적인 맹신으로 사람들을 유도시키면 또다시 죄업을 짓는 그릇된 것이 된다. 자기 인생이 아닌 것을 자기 인생이라고 착각하는 전도된 생각을 일깨우고 쇄신시키는 종교라야 참 종교이다.

자기 인생이 아닌 거짓 인생에 집착한 데서 벗어나 참다운 자기 인생을 회복해야 한다. 거짓 인생에 가렸던 참다운 인생이 거짓 인생의 부정을 통해 환히 나타날 때 인생이 무엇인지, 인생의 의의가 무엇인지 등이 더 이상 문제 되지 않을 것이다.

불교는 모든 번뇌가 말끔히 씻긴 인생을 되찾는 데에 그 목적이 있다. 불교 철학의 근간이 되는 연기설은 우리의 거짓 인생이, 다시 말하면 생生과 사死가 자신의 무지로부터 어떠한 과정을 거쳐 일어나게 되는가를 자세히 설명해준다. 그리고 무아설無我說은 그러한 거짓 인생을 부정하여 본래의 참다운 자기 인생을 회복할 수 있는 실천의 가르침이다. 그러므로 불교는 인생, 인생의 뜻, 인생의 보람이 무엇인지를 알고 싶어 하는 사람들에게 감로와 같은 해답과 새로운 삶을 일러주는 길잡이가 될 수 있다.

불교에서는 인생의 모습을 고苦라고 표현한다. 이러한 표현은 인생을 부정적으로 말하는 듯하지만, 이것은 착각과 전도 속에서 생활하는 사람들에게 각성覺性을 촉구하는 말로 이해해야 할 것이다.

종교는 인간을 좀 더 인간답게 이끌어 가는 길잡이로서 인간의 참된 삶을 알려 주어야 한다. 종교가 이와 같은 역할을 등한히 하고 내세의 복락이나 천상에 태어나기 위한 수단과 방법으로 전락하고 만다면, 인간이 인간을 속이고 오도시키고, 어떤 특정 종교의 이름 아래 상업화 또는 기업화 되는 장삿속의 범위를 벗어나지 못할 것이다. 그리하여 수많은 죄업을 낳는 결과를 초래하여 성스러운 종교의 영역까지도 오염시켜 사회를 타락시키는 잘못을 저지르고 말 것이다.

참다운 종교의 길은 우리 스스로가 정견正見으로써 가다듬고 헤아리며, 직시하고 직관할 때에 나타난다. 이러한 길은 혼자 힘으로 걷기 어렵다. 훌륭한 스승을 찾아야 하고, 참 종교를 포교하기 위해 뼈를 깎는 수련을 해야 한다. 그러면서 이웃을 위해 헌신도 해보고, 일상의 껍질과 계산을 버려 인생길을 수놓음으로써 뜻 있는 종교인의 삶을 살 수 있다.

계단을 오르며

산문山門에 들 때, 우리는 많은 계단階段을 밟고 오른다. 돌이 깔린 흙 길을 밟거나, 석면이 고른 계단을 만나기도 한다. 우리는 이러한 많은 계단을 밟고 오른 후에야 부처님을 뵐 수 있고, 스님을 예방할 수 있다. 한 계단에 한 걸음씩 옮기는 사이에 문 앞에 이른다. 그리고 상당上堂 입실入室하게 된다. 많고 긴 계단을 거쳐온 보람이 있다. 그런데 심지心地에 바람이 들면, 층층에 놓인 의미를 읽지 못하고 걸음걸음마다 심는 뜻을 잊어버리고 한 걸음에 두 층, 세 층을 뛰어오르려 한다. 또는 같이 가는 사람을 밀쳐 내고, 나서려고 하기도 한다. 이와 같이 하면 결국 헛발질을 하게 되어 사람살이에 구김살이 생기게 된다.

우리는 산문에 오기 전에 얼마나 많이 추락하고 탈락을 경험해 왔는가?

사미沙彌가 문을 들려면 '치문緇門'부터 드는 게 좋은데, 한층 나은 학인이 되겠다고 서둘러 '대교大敎'의 층에 뛰어든다면, 이는 참으로 대소고처大所高處를 착각하고 허둥거리는 짓이라는 말을 듣게 된다. 우리는 사람살이를 쉽게 하려고 층층에 놓인 의미를 외면하고 걸음걸음의 뜻을 놓치고선, 되려 성실히 계단을 밟고 상당 입실하는 사람을 아둔하다고 여기는 눈길로 보기도 한다. 본자리에서 보면, 층층을 빨리 오르는 그것은 그다지 중요한 것이 아니다.

우리는 지금 어느 계단에 서 있는가? 그리고 서 있는 계단이 제자리가 되도록 빠뜨림 없이 왔으며, 따라서 굳건히 입지立地하고 있는가? 이 계단에 이르기까지, 얼마나 숨차해 하며 주저앉기도 하고, 발을 헛디려 다치기도 하며, 오르지도 내리지도 못해 비틀거렸는가? 또 그나마 오를 계단이나 남아 있기라도 하며, 마지막 장場에 이르렀을 때에 쉬이 내려오게라도 되려는가?

시중에 있어서 권문세가 또는 치부致富한 사람을 만나 보려면, 이 또한 많은 계단을 거친 다음에 면접이 된다. 그들 중에는 오늘의 높은 계단에 도달하기 위하여, 차곡차곡 오르기 보다는 겅중겅중 뛰어오른 이가 많음을 본다.

여기서 우리는 한 조각 작은 생각을 하게 된다. 목표는 높게 정하되 오르기는 낮게 해야겠다는 것이다. 이는 깨침은 몰록하되, 닦음은 실낱처럼 한 가닥씩 풀어 나가야겠다는 것이다. 저 홀로 높게 된 것은 탓하지 않겠지만, 저 홀로 차지하는 것은 반대하는 까닭이기도 하다. 차지하는 부분은 사회 민중과 관련이 있기 때문이다.

우리는 부처님을 대각大覺하신 분이라고 칭송한다. 부처님의 깨달음은 사회 민중의 문제와 직결되기 때문이다. 법문이 많은 것은 그 까닭이다. 부처님은 원만하고 명明하였으되, 흠결 많고 무명無明한 중생을 생각하여 날마다 발전하는 듯한 법문을 하신 것이다. 역설적으로 말하면, 이는 날마다 미완을 쌓아가는 행진이었다.

오늘 우리가 나아가는 계단은 얼마가 남았는지 모른다. 그러나 행진을 하고 있는 것만은 틀림없다. 어떠한 계단에 어떻게 서 있더라도 거기서 느끼는 그것은 전생全生의 응결점이다. 이 계단에서부터 나아가면 오르는 것이고, 물러가면 내려가는

것이다. 생의 상승이나 하강은 바로 지금 내 행보가 연출하는
것이다. 따라서 이 시대는 꾸준히 밟아 가는 점수漸修의 정신이
요구된다.

출발했던 그 자리

가을이 가고 겨울이 왔다. 계절이 바뀔 때마다 자연의 법문이 또한 설해진다. 과연 가을이 변해서 겨울로 된 것인지, 가을이라는 계절 가운데 변하지 않는 그 무엇이 있어서 시간의 흐름에 따라 단지 겨울의 옷으로 갈아입는다고 볼 수 있을지, 아니면 가을은 다만 가을 그 자체로 앞뒤가 있고, 겨울은 단지 겨울 그 자체로 선후가 있는 것인지, 여기에 중요한 해석상의 차이가 생긴다.

부처님 당시 불교가 바라문교와 뚜렷하게 달랐던 가르침이 '아트만의 부정'이라고 할 때 불교의 입장은 당연히 후자가 된다. 즉 겨울은 겨울 자체로 시절 인연에 따라 형성되었다 사라진다. 가을이 변해서 겨울이 된 것도 아니고, 겨울이 변해서 봄이 되는 것도 아니다.

생生과 사死도 이와 같다. 생이 변해서 사가 되는 것도 아니며, 사가 변해서 생이 되는 것도 아니다. 생은 생으로서 앞뒤가 있으며, 사는 사 자체로서 선후가 있는 것이다. 이러한 이치를 체득해야 비로소 생이 오면 생과 마주하고, 사가 오면 사와 함께한다고 말할 수 있을 것이다.

이처럼 모든 공간과 시간이 그 당체當体로서 그대로 진실한 것이기 때문에, 내가 딛고 있는 바로 여기가 곧 온 세계와 다름없으며, 지금 이 순간이 곧 영원의 세계이다. 즉 바로 지금 여기를 떠나서 그 어느 곳 어느 때에 진실을 구하겠는가 하는 것이다. 그러므로 처음 발심하는 순간이 곧 정각이며 지금의 생사가 곧 열반과 다름없음이니, 이러한 속俗스러운 삶을 떠나서 그 어디에도 성스러운 진리가 홀로 존재하지 않는 것이다. 이러한 마음가짐이 갖추어져야 비로소 행하는 바 모두가 수행이 된다. 경전을 읽거나 참선을 하고 있는 시간만이 아니라 밥을 먹고 잠을 자는 순간도 수행인 것이다.

먼 길 여행을 떠나는 나그네가 단지 목적지까지 도착해서 잠깐 구경하는 것만으로 낙을 삼는다면, 그 여행은 지루하기

짝이 없을 것이다. 목적지까지 가는 도중이건 돌아오는 길이건 차를 타고 있든지 걷든지 간에 매사를 흥겹게 느끼고 관찰할 수 있다면 내내 즐거운 여행이 될 것이다. 우리 모두 초등학교 시절에 소풍이라도 갈라치면 소풍 날짜가 정해진 날부터 벌써 마음은 그곳에 가 있어 잠을 설칠 정도였다.

수행도 마찬가지다. 이와 같이 해서 어느 때 어느 곳에 있건 수행이 되기 때문에 그 진전이 지극히 빠르게 된다. 이렇게 빠른 수행을 바로 돈수頓修라고 한다. 그런데 단지 어느 때건 수행한다고 해서 모두 돈수가 되는 것은 아니다. 한 가지 요건이 더 필요한데 그것은 문제 해결의 관건이 바로 나 자신에게 달려 있다고 확신하는 것이다. 지금 여기가 곧 진실 그 자체이건만 이러한 말씀은 단지 옛 선인들의 말씀으로만 들릴 뿐, 생생한 감응이 오지 않는 것이 현실이다. 그런데 그 이유는 결코 남들이 또는 외부의 어떠한 상황이 강제로 나를 가로막고 있기 때문이 아니다. 나로 하여금 진실을 체득하지 못하도록 방해하는 것은 나 이외에는 아무것도 없다.

그렇기 때문에 보리달마의 제자였던 혜가도 '불안한 마음을 가져오너라' 라는 한마디에 마음이 편안해졌으며 수많은 선사들이 한두 마디 소리나 광경에 본심을 찾을 수 있었던 것도 단지 자기 자신이 스스로를 옭아매었던 까닭이다. 문제 해결의 관건을 사방팔방에서 찾다보면 실마리가 쉽게 잡히지 않는다. 하지만 그 실마리를 바로 지금 여기 나 자신에게서 찾아보면 의외로 쉽게 풀릴 수 있다. 즉 법의 비는 항상 온 허공에 가득 차 내리고 있건만 단지 자신의 그릇 크기에 따라 받을 뿐이다. 우리 자신을 옭조인 그 줄을 풀어 활짝 펼치게 되면 그릇과 외부와의 경계가 사라지게 된다. 그렇게 되었을 때 나타나는 진실의 세계는 바로 다름 아닌 처음에 출발했던 그 자리가 된다고 하는 것이 저 유명한 의상조사義湘祖師 법성도의 가르침인 것이다.

저 자연 속에서

머칠 전 강원도 오지를 다녀왔다. 그동안 세계 여러 명승지를 돌아보았고 이 산도 한두 번 와 본 것이 아니건만 이번 길에선 새삼스럽게 우리나라 산천의 수승함이 자랑스럽게 느껴졌다. 알맞은 색깔의 녹음은 부드러우나 힘 있게 거기 잘 펼쳐져 훌륭한 경치를 이루고 있었다. 돌아보니 어느 한구석도 모자라지 않게, 넘고처짐 없이, 꼭 거기 그렇게 있어야만 하게 잘 어우러지고 있는 산천이었다. 사람은 자연 앞에서 순간순간 참 많은 가르침을 받는다. 산과 풀과 나무와 바람과 물의 조화로움, 그들은 한없이 허락하고 받아들이며 깊이 서로의 생명을 찬탄하고 있었다.

자연의 끝없는 어울림을 교감하면서 문득 먹물 옷 입은 내 모습을 훑어보며, '너'와 '나' 그리고 '우리'의 관계를 돌아보았다. 인간 문제를 가장 아프게 이해하고 거두고 이끌어야 하는 이 '먹물 옷'의 의미를 깊이 생각해본다. 사실 드넓은 눈으로 보면 인간도 하나의 자연인 것, 변질 속에서 허상에 얽혀 복잡하고 번거로운 것이지, 그 변질된 허상만 벗겨버리면 저 나무처럼 냇물처럼 산처럼 그냥 그대로 제자리에 있을 수 있는 것이다. 그렇다. 인간은 스스로 깨달을 능력이 있으며 자기 구제를 스스로 실현시킬 능력이 있다는 것이 바로 불교적 입장이다. 이런 자각과 자신감을 서로에게 격려하고 이웃을 일깨워야 하는 의무가 우리 불교인에게는 있다. 동시대 동일한 국토에서 고락을 같이하는 인연의 소중함을 다시 생각해본다. 이 시대의 아픔에 지치고 이 땅의 아픔에 지친 우리 이웃의 맑지 못한 얼굴을 떠올린다. 그들 속에서 더불어 살며 그들의 변질된 허상의 벽을 깨고 함께 잘 만날 수 있는 방법은 없는가.

『법화경』의 「상불경보살품」에서 그에 대한 답을 찾아본다. 옛날, 끝도 없고 헤아릴 수도 없는 과거에 위음왕여래威音王如來라는 부처님이 계셨다. 이 부처님께서 멸도하신 후 정법正法도 다하고 상법像法도 끝날 무렵이었다. 그 시기는 진리를 학문적으로만 배우고 계戒도 형식적으로만 행해, 깨닫지 못하고 깨달았다고 하는 교만에 찬 무리로 가득 찬 때였다. 이때, 상불경常不輕이라는 한 보살 수행자가 있었다. 이 보살은 동시대를 사는 누구를 만나더라도 '저는 당신을 존경하며 가벼이 보지 않습니다. 왜냐하면 당신은 보살행을 실천하여 부처님이 될 것이기 때문입니다'라고 말하면서 지극하게 상대를 예배하였다. 다른 이들이 그를 귀찮게 여기고 조소하고 나무라고 심지어는 몽둥이로 때리고 돌을 던져도 상불경보살은 조금도 화내지 않고 미워함도 없이 저만큼 피해가서 다시 그대로 말하고 또 예배하였다.

이것은 누구나 불성佛性을 지니고 있으며 마침내 성불할 수 있다는 불교적 믿음을 보여준 면모다. 그런데 오늘날 우리는 어떠한가. 어떤 자세로 이웃을 대하고 사는가. 존경하는 마음으로 예배하기는커녕 정작 인사할 일이 있어도 그 인사가 한낱 형식적인 겉치레에 지나지 않거나, 심지어는 아첨의 방편으로까지 전락했음을 본다. 지금부터라도 우리는 저 자연만큼 속 깊은 곳까지 씻어내 주는 따뜻한 눈길의 인사를 나누어보자. 나아가서는 상불경보살처럼 진실하고 깊은 마음으로 이웃에 대한 존경과 예배를 삶 자체로 실현해 나아가자. 그리하여 이 시대의 어려움도, 이 땅에서 사는 사람들의 고통도 가셔지고 우리가 발 딛고 살아가는 이 땅이 바로 완전히 조화로운 정토淨土가 되게 하자.

불자들의 봄맞이

빛깔도 곱게 핀 벚꽃나무 아래 이제 막 부처님의 제자가 된 네 명의 친구들이 모여 '이 세상 만물 가운데 사랑할 만한 것으로 우리를 가장 즐겁게 하는 일이 무엇일까?'라는 주제로 담소하고 있었다. 그러자 한 친구가 '화사한 봄날이 되어 초목이 빛날 때, 들에 나가 노니는 것이 어떨까?'라고 했다. 그러자 또 한 친구는 '그것도 좋겠지. 하지만 가까운 사람들끼리 모여 술잔을 주고받으면서 음악에 맞춰 가무하는 것이 더 즐거운 일이야' 하였다. 이에 세 번째 친구는 '천만에, 세상일은 뭐니뭐니해도 돈이 제일이지. 돈이 있어서 제 하고 싶은 일을 다 할 수 있는 것이 멋지고 좋은 일이야' 하고 말했다. 그러자 마지

막 친구가 '자네들은 아직 세상맛을 잘 모르는군. 예쁜 여인들 속에서 그들과 향락하는 것보다 즐거운 일은 없다네'라고 말했다. 그러자 네 명의 친구들은 제각기 자기들의 생각이 옳다고 말다툼을 벌였다.

이 대화는 『법구비유경』 제3권 중 「호희품好喜品」에 나오는 이야기로 예나 지금이나, 또 부처님 제자거나 아니거나 사람들이 좋아하는 것이 크게 다를 바 없음에 다시 한 번 웃음을 머금게 된다. 그런 우리의 마음에, 잊을세라 부처님 말씀이 들려온다.

"너희가 즐겁다고 하는 일들은 모두 조심스럽고 위태하며 망하는 길로써 그것은 영원히 편안하고 즐거운 일이 아닌 것이다. 천지 만물은 봄에는 무성하였다가 가을과 겨울이 되면 시들어 떨어지고, 천지의 즐거움도 반드시 사라지는 것이며, 재물과 수레, 말 따위 또한 결국 없어져 언제까지나 자신의 몫이 아니요, 여인네의 아름다움은 애욕과 미움의 근본일 뿐이다. 오직 열반만이 안락하고 가장 즐거운 것이니라."

바야흐로 완연한 봄이다. 집집마다 봄맞이 대청소를 하고, 겨우내 밀린 여러 가지 일로 바쁜 이때에 우리 불자들도 계절에 걸맞는 일을 해야 한다는 생각이 든다.

무슨 일을 해야 할까?

자연과 친해지는 일도 좋겠고, 사람들과 정을 도타이 하는 일도 좋겠고, 성실하게 일하는 것, 그리고 가정에 충실하는 것, 모두가 이 소생과 약동의 계절에 어울리고 또 바람직한 일이라고 할 수 있겠지만, 부처님의 깨우침을 받을 불자라면 다른 차원의 봄맞이, 즉 무상無常을 뛰어넘을 수 있는 일을 해야 할 것이다.

그럴 때에 출라판타카존자의 정진은 다시 한 번 음미할 만한 가치가 있다. 주리반특가周利槃特迦란 이름으로 잘 알려져 있는 그는 우둔하기 이를 데 없는 이었으나, 부처님 말씀에 따라 대중처소의 먼지와 때를 쓸고 닦다가, 그 일을 시키신 부처님의 참뜻이 마음의 먼지와 때를 청소하라는 것임을 깨달아 마침내 해탈에 이르지 않았던가.

대부분의 불자님들이 봄맞이 집안 청소를 했을 것이고, 그렇게까지는 아니했다 하더라도 거의 매일 한두 번 청소를 하지 않는 경우는 없을 것이다. 그러나 집을 깨끗이 하는 청소를 하면서 마음의 때를 닦아야 한다는 생각을 함께한 불자는 몇이나 있었을까 자못 궁금하다. 화장대 위의 먼지는 하루만 쌓여도 더럽다고 닦으면서도 오랫동안 탐욕과 성냄과 어리석음으로 더럽혀진 마음의 때는 닦아낼 생각조차 하지 않으니, 진정 깨끗이 해야 할 것이 무엇인가는 명백한 사실이 아니겠는가.

그러한 마음 청소는 결코 어려운 일이 아니다. 굳이 빗자루나 걸레와 같은 도구도 필요 없고 땀 흘리며 먼지 냄새를 맡을 일도 없으니 말이다. 그냥 그저 새 마음을 일으키기만 하면 되는 것이다. 봄에 어울리는 사랑과 베풂의 마음을 가지고, 겨울처럼 꼭꼭 닫혀 있던 마음을 환히 열기만 하면 된다.

자신 스스로 만물을 소생시키는 봄이 되는 것, 봄의 사랑을 가지는 것이야말로 굳이 부산 떨 필요 없는 불자들의 봄맞이요, 이 봄에 해야 할 보람되고도 즐거운 일이 아니겠는가.

번뇌의 삶과 대결하라

이 세상에 태어난 사람은 누구나 세 가지 큰 싸움을 하게 된
다. 자연과의 싸움, 사람과의 싸움, 그리고 자기 자신과의 싸
움이다. 이 싸움 가운데서 가장 이기기 힘든 것이 자신과의 싸
움이다. 자연을 정복하고 남을 종 부리듯 하는 사람도 자신의
내면에 있는 탐욕과 분노와 어리석음을 이기지 못해 고뇌를
겪는다. 자신과의 싸움에서 이기지 못하는 사람은 진정한 인
생의 승리자가 될 수 없다. 왜냐하면 내부에 도사리고 있는 탐
욕과 분노와 무지의 적이 언제 어떻게 그를 파멸의 늪으로 몰
아넣을지 모르기 때문이다. 그래서 부처님은 일찍이 『법구경』
에서 이렇게 가르치셨다.

"천군만마와 싸워 이긴 사람보다 자기 자신과 싸워 이긴 사람이 가장 훌륭한 사람이다."

자신의 내부에 도사린 적과 싸워 이긴 대표적 모델은 부처님이다. 부처님은 내부에서 끊임없이 반란을 일으키는 탐욕과 분노와 무지를 남김 없이 조복 받고 인생에서 최후의 승리자가 되신 분이다. 경전은 부처님이 싸워 이긴 내부의 적을 '8만 4천의 마군'이라는 상징으로 묘사하고 있거니와 마군이야말로 수행자가 물리쳐야 할 최후의 적이 아닐 수 없다. 그러나 '마군'으로 표현되는 삼독 번뇌와 삼세업장은 하루아침에 조복調伏 받을 수 있는 것이 아니다. 선禪불교는 '일초직입여래지一超直入如來地'라 하여 한 생각 뛰어넘으면 쉽게 대해탈의 세계가 열리는 것처럼 말하기도 하지만 그것은 결코 쉬운 일이 아니다. 누구나 간단하게 자신과의 싸움에서 승리할 수 있다면 왜 부처님을 비롯한 수많은 구도자가 출가의 길을 택했겠는가. 그렇지만 자신과의 싸움은 출가만 했다고 종결지어지지 않는다. 엄밀하게 말하면 출가 수도는 그 시작일 뿐이다. 끝을 볼 수 없는 연속성 같은 것이 자신과의 싸움이다.

욕망을 조복 받고 번뇌를 쓸어내기 위한 부처님의 수행은 처절하고도 치열한 것이었다. 파키스탄의 라호르박물관에 있는 구도자 싯다르타의 고행상은 구도자가 자신과 어떻게 싸워야 하는가를 냉혹하리만큼 사실적으로 보여준다. 일 미터 크기도 채 안 되는 이 고행상은 사람이 아니라 차라리 해골에 가깝다. 폐가의 서까래 같은 갈비뼈에 몇 가닥 흩어진 혈관은 넝쿨을 연상케 한다. 움푹 패인 눈, 등어리에 붙은 뱃가죽은 구도자였던 부처님의 고행이 죽음 일보 직전까지 이르렀음을 말해준다. 당시의 상황을 경전은 이렇게 묘사하고 있다.

"싯다르타는 하루에 오직 한 알의 참깨나 쌀을 먹고 지내거나 음식을 끊는 일도 있었다. 몸은 극도로 여위어 금빛이던 몸이 검은빛으로 변했다."

후세의 기록자들은 싯타르타가 이 같은 고행으로도 깨달음을 얻지 못했으며 젖 짜는 소녀 수자타가 올린 공양을 받고 불고불락不苦不樂의 중도中道 수행을 통해 정각을 성취했다고 쓰고 있다. 그러나 나는 개인적으로 약간 생각을 달리한다. 부처님은 분명히 괴롭지도 즐겁지도 않은 중도의 길로 최후의 수행을 해 성도했지만 그 바탕에는 6년 고행이 있었다는 사실이다. 진지한 수행자는 누구나 경험하는 것이지만 인간에게 뿌리 깊은 욕망이란 먼지 털듯 쉽게 떨어지지 않는다. 오욕팔풍五欲八風의 근원이 본래 공적空寂한 것임을 온몸으로 체득하는 내부적 변화가 있어야 한다. 그 내부의 변화, 욕망과 번뇌가 발붙이지 못하도록 자신을 정화하는 과정이 바로 고행이었다. 다시 말해 6년 동안 마군과의 싸움, 자기 자신과의 싸움을 통해 자신의 내부에 있던 모든 찌꺼기마저 쏟아낸 다음에야 지혜가 빛날 수 있었다는 얘기다.

조금만 배고파도 반찬이 맞지 않아도 못 참는 것이 사람이다. 팔다리가 조금만 욱신거려도 예불하기조차 싫은 것이 오늘의 수행자다. 아직도 육신에의 집착이 너무나도 끈끈한 것이 우리다. 그럴 때마다 우리는 라호르박물관의 고행상을 떠올려야 한다. 부처님은 그보다 수천수만 배의 어려움을 견뎌낸 끝에, 버릴 것은 모두 버린 끝에 비로소 납월팔일臘月八日 새벽 금빛 찬란한 깨달음의 지평 한가운데로 나설 수 있었음을 상기해야 한다. 부처님이 보리수 아래 앉으시며 다짐했던 맹세를 되새겨본다.

"이제 만일 여기서 번뇌를 멸하고 보리를 이루지 못한다면 설령 이 몸이 가루가 된다고 하더라도 일어나지 않으리라."

게으름을 떨치고

새해를 맞으면 그간 우의 깊게 지내던 친지나 은혜 입은 어른을 찾아뵙고 인사를 드리는 것이 첫 번째 일이다. 나이를 먹어감에 따라서는 인사를 받는 것 또한 적지 않은 일이다. 그러나 사람들의 인사를 받는 마음엔 늘 '내가 그럴만한 자격이 있는가' 하는 반성이 깃든다. 부처님의 말씀을 기억하고 있기 때문이다.

"비구가 존경을 받는 데는 다섯 가지 이유가 있다. 다문多聞의 비구이거나, 금계禁戒의 비구이거나, 선정禪定의 비구이거나, 지혜의 비구이거나, 번뇌가 다한 누진漏盡의 비구이기 때문이다. 만일 그것이 아니라면 오직 늙음으로써 존경을 받나니, 거기엔 추함이 있을 뿐이니라.”

　동서양을 막론하고 연장자를 공경하는 것은 보편적인 윤리 현상이며, 불교에서도 부처님 당시부터 연장자에 대한 우대가 매우 강조되었다. 그러나 수행의 덕 없이 단지 세월만 지나온 육신에 대해서 부처님은 위와 같이 질책을 가하셨다. 우리는 한 해를 돌이켜 보면서 여러 가지 일을 평가한다. 사업은 어땠느니, 애들은 어땠느니, 건강이 나빠졌다, 살이 많이 붙었다 등등. 물론 결코 가벼이 여길 문제들이 아니지만 불자라면 최소한 거기에 빠져선 안 될 항목이 있다. 바로 ‘최선을 다해 불사佛事에 정진하였는가’ 하는 문제이다.

　불상을 모시고 절, 탑을 만드는 것만이 불사가 아니다. 오히려 하루에 한 번 부처님을 생각하거나, 잠시라도 경전을 대하고 선정에 들며, 주변의 인연 있는 사람들에게 불법을 전하는 일들이야말로 진정한 불사일진대, 과연 그러한 일에 소홀치는 않았는가를 되살펴야만 하는 것이다. 실로 그 이외의 모든 행적은 뜬구름처럼 무상한 가치들이다. 반성의 시간에 섰을 때 사람들은 여지껏과는 다른 관대함을 발휘하곤 한다. 그러나 자신의 게으름에 대한 관대함은 곧 생활의 타락을 부르는 전주前奏임을 명심해야 한다. 한 번 게으름을 허락하게 되면 그

게으름은 어떤 구실로든지 떠나려 하지 않기 때문이다.

'게으른 자에게는 여섯 가지의 핑계가 있다. 너무 이르다 하여 할 일을 하지 않고, 너무 늦다 하여 하지 않고, 배부르다 하여 하지 않고, 배고프다 하여 하지 않고, 춥다 하여 하지 않고, 덥다 하여 하지 않는 것이다(『선생경』)'라는 말씀은 수천 년이 지난 오늘에도 너무나 꼭 들어맞는 말이 아닌가. 그러나 아무리 어설프고 부끄러운 지난날이었다 해도 그 때문에 오늘과 내일을 버려둘 수는 없는 일, 새로 맞는 날들을 더욱 진정한 불자로 살고자 하는 분들께 이러한 마음가짐은 어떨까 하여 경전 한 구절을 전해드린다.

보살은 이렇게 생각합니다.

"내가 중생을 성취시키지 않으면 누가 성취시키고, 내가 중생을 조복하지 않으면 누가 조복하며, 내가 중생을 고요하게 하지 않으면 누가 고요하게 하고, 내가 중생을 기쁘게 하지 않으면 누가 기쁘게 하고, 내가 중생을 청정하게 하지 않으면 누가 청정하게 할 것인가."

(『화엄경』권11)

새해에는 빛으로

새해 첫날은 언제나 가슴을 설레게 한다. 마치 아무것도 그려져 있지 않은 하얀 캔버스에 이제 막 그림을 그리려고 붓을 든 화가처럼 가벼운 긴장감마저 느낀다. 올해는 어떤 그림을 그릴까, 내가 그린 그림은 얼마나 높은 값이 매겨질까. 조금은 불안하면서도 새로운 창조의 가능성으로 얼굴마저 달아오르는 것을 숨길 수 없는 새아침. 그러나 새아침에는 너무나 많은 소망을 가져서는 안 된다. 아직 아무것도 시작하지 않은 우리가 해야 할 일은 조용히 눈을 감고 발원하는 일이다. 부처님의 대자비를 떠올리면서 그분이 가르쳤던 길을 어긋나지 않게 걸어갈 수 있기를 발원해야 한다. 『잡아함경』 42권 제2경에서 부처님은 이렇게 말씀하셨다.

"이 세상에는 네 종류의 사람이 있다. 어둠에서 어둠으로 가는 사람들, 어둠에서 빛으로 가는 사람들, 빛에서 어둠으로 가는 사람들, 빛에서 빛으로 가는 사람들이다."

부처님께서 말씀한 어둠에서 어둠으로 가는 사람들이란 죄악의 구렁텅이에서 헤어나지 못한 채 몸으로 악한 일을 행하고 입으로 나쁜 말을 하며 마음속으로 악한 생각을 품고 사는 사람들이다. 어둠에서 빛으로 가는 사람이란 비록 좋지 않은 환경에 있지만 언제나 가슴속에 진실이 가득한 사람, 남을 위해 헌신하고 이웃과 나누며 아름다운 미소를 잃지 않는 생활을 하는 사람이다. 그는 늘 가슴 가득 광명이 빛나므로 어둠에서 벗어나게 된다.

그러나 빛에서 어둠으로 가는 사람도 있다. 남부럽지 않은 조건을 갖추었으면서도 그에 감사할 줄 모르고 더 많이 소유하기 위해 남을 속이고 짓밟고 마침내는 해치는 사람이다. 그는 스스로 지은 죄업에 따라 바깥세상의 햇빛을 등지고 어두운 감옥에서 살 수 밖에 없다. 빛에서 빛으로 가는 사람은 고귀하고 부유한 집안에서 태어나 행복한 생활을 영위하면서도 늘 남 보기 미안해 사치를 삼가고 자기보다 못한 이웃을 불쌍히 여겨 형제처럼 돌봐주는 사람이다. 그가 행한 옳은 일은 자신과 이웃을 밝히고 마침내 세상을 밝게 한다. 그리고 그는 언제나 칭송을 받게 된다.

부처님이 여기서 우리에게 가르치고자 하는 길은 '어둠에서 빛으로', '빛에서 빛으로' 나가는 삶이다. 결코 '어둠에서 어둠으로', '빛에서 어둠으로' 떨어지는 길이 아니다. 안타까운 것은 세상에는 아직 어둠에서 빛으로 가는 사람보다는 어둠에서 어둠으로 가는 사람이, 빛에서 빛으로 가는 사람보다는 빛에서 어둠으로 가는 사람이 적지 않다는 것이다. 지난해만 하더라도 얼마나 많은 사람이 어둠에서 어둠으로 또는 빛에서 어둠으로 걸어갔는지를 생각하면 세상이 온통 아득한 절망감으로 가득해지는 기분이다.

그러나 그것은 지난해의 일이다. 이제 우리는 아무것도 그려지지 않은 캔버스 앞에 서 있다. 이제 우리는 그림을 그리려고 붓을 들고 서 있을 뿐이다. 『화엄경』에 '마음은 그림을 그리는 화가와 같다[心如工畵師]'라는 말씀이 있다. 빈 캔버스 위에 어떤 그림을 그릴까는 순전히 우리가 마음먹기에 달려 있다는 말이다. 그렇다면 우리는 이제 어떤 그림을 그려야 할 것인가. 어둠에서 어둠으로 가는 그림인가, 어둠에서 빛으로 걸어가는 그림인가, 빛에서 어둠으로 향하는 그림인가, 빛에서 빛으로 가는 그림인가. 우리가 올해 그려야 할 그림은 결코 어둠에서 어둠으로 가거나 빛에서 어둠으로 가는 그림이어서는 안 된다. 반드시 어둠에서 빛으로, 빛에서 빛으로 가는 그림을 그려야 한다.

이것이 올해 우리가 그려야 할 그림이다. 지난해에 어떤 그림을 그렸느냐는 그렇게 중요하지 않다. 그것은 이미 지나간 그림이다. 새해에는 새 캔버스에 새로운 그림을 그려야 한다. 새해는 새 가능성이 무한으로 열려 있기 때문이다. 새해의 문을 열고 첫발을 내딛으려는 우리, 잠시 눈을 감고 호흡을 가다듬으며 손을 가슴에 모으고 이렇게 발원하자.

"새해에는 어둠에서 빛으로, 빛에서 빛으로 걸어가길 발원합니다."

회향

이 땅에 연꽃을 심자

참다운 행복

불교의 목적은 성불하는 데 있다. 성불이란 이 세상을 떠나서 있는 것도 아니요, 죽어서 얻어지는 것도 아니다. 즉 인격을 크게 이루어 대지견, 대해탈, 대자비의 대덕^{大德}을 성취함으로써 불성을 자각하는 것이 성불이라 하겠다. 성불의 길로 나아가기 위해서는 대이상^{大理想}을 향해 절대적인 신념을 발하여 스스로 발보리심을 가져야 한다. 이 발보리심이 없으면 충분한 정신력을 기를 수 없기 때문이다.

불교는 최고 원만한 이상경^{理想境}을 보이기 위해 불계^{佛界}를 설하고 정토를 말한다. 만약 향상의 지표인 이상이 없을 것 같으면 우리는 노예적인 욕망 속에서 아무런 회의도 없이 천박한 생활감정으로 살아가게 될 것이다. 그러므로 공자도 '아침에 도를 얻으면 저녁에 죽어도 좋다' 하셨고 또 '부귀는 사람이 좋아하는 것이다. 그러나 도道로써 하지 않으면 이룰 수 없다' 라고 했다.

부귀와 명리는 도를 행하고 덕을 닦고 공적을 갖추면 그 위에 자연히 이루어지는 마땅한 보상인 것이다. 그렇다고 되돌려 받을 대가만을 목적으로 일을 꾀한다면 본말을 전도해서 사견에 떨어지고 만다.

고대 그리스 아테네의 대정치가인 솔론Solon은 아테네의 헌법을 만든 인물이다. 어느 날 페르샤의 국왕 크렉스가 솔론의 훌륭한 재주를 기리어 궁중에 초대한 일이 있었다. 당시 페르샤는 국위가 창성해서 세력이 대단하였다. 국왕은 위력을 과시하기 위해 먼저 군대의 병기를 보여 그를 놀라게 하고 그다음에 많은 보고寶庫를 열어 감탄케 하고 그렇게 한 후에 알현하도록 하였다. 왕은 솔론이 당연히 압도당했으리라 생각하고 무척 고자세로 솔론에게 물었다.

"무릇 이 세계에서 제일 행복한 자가 누구인가?"

국왕은 솔론이 틀림없이 '그것은 페르샤 국왕입니다' 라고 대답할 줄 기대했으나 그 기대는 어긋났다. 솔론이 답했다.

"그리스 벽촌에 가난한 농부가 있었는데 그는 부지런히 일하여 수십만의 재산을 모으고, 자손을 잘 교육시키고 가정을 잘 다스려 만년에는 자제에게 가사를 맡기고 편안한 몸이 되어 사회사업에 진력하더니 마침내 터키와 전쟁이 났을 때 자진해서 지원병으로 참전했습니다. 그는 많은 무훈을 세우고 명예롭게 전사했습니다. 그야말로 세계에서 제일 행복한 사람이라고 생각합니다."

국왕은 기대에는 어긋났으나 그래도 희망을 가지고 다시 물었다.

"그러면 두 번째로 행복한 자는 누구인가?"

그러나 솔론의 답은 또 국왕의 기대에 어긋났다.

"그것은 그리스 기소라는 곳에 살고 있는 17세 정도의 소년이겠지요. 왜냐하면 그는 학문을 닦고 덕을 기르며 충효를 행하였고 터키와의 싸움에는 지원병으로 출정하여 눈부신 무훈을 세우고 명예로운 전사를 하였으니 그 소년이야말로 행복한 자라 하겠습니다."

드디어 국왕은 더 기다릴 수 없어 '그러면 짐은 어떠하냐?'고 물었다. 이에 솔론이 답했다.

"지금 왕께서는 행복합니다만, 인간의 가치란 죽은 뒤가 아니면 어떠하다고 말할 수 없습니다. 따라서 대왕의 행복은 어떠하다고 지금 확답해 드릴 수 없습니다."

이에 국왕은 몹시 불만스러워 하였다고 한다. 그 후 국왕은 지나친 오만과 사치에 빠져 국정을 잊고 민심을 잃더니 드디어는 이웃나라의 침략을 받아 포로가 되고 말았다. 그때 비로소 그는 솔론의 말을 깨달았다고 한다. 부귀란 일시의 꿈이요, 영예도 환幻과 같아서 영구적 가치가 없다는 좋은 예라고 하겠다. 그러므로 참다운 가치는 바로 대지혜, 대해탈, 대자비의 원천인 대도大道, 다시 말하면 우리의 불성 가운데 그것이 들어 있음을 알아야 하겠다.

부처님의 유훈^{遺訓}

부처님의 대열반일을 맞아 이날의 뜻을 더욱 깊게 하고저, 그분의 유훈을 받듦은 물론, 그에 앞서 열반 당시의 모습을 살펴보고자 한다.

"파순아! 내 이미 늙어서 나이 여든이다. 비유하면 낡은 수레를 수리하여 겨우 움직일 수 있는 것과 같이 내 몸도 그러하여 방편력으로써 목숨을 머무르고자 자력으로 정진하여 이 고통을 참는다. 일체를 생각지 않고 무상정^{無想定}에 들어갈 때는 내 몸은 안온하여 뇌환^{惱患}이 없노라."

마왕 파순은 자꾸 부처님께 독촉한다.

"부처님은 마음에 욕심이 없사오니 반열반하소서. 지금 바로 열반에 드실 때입니다."

"아직 가만있어라. 내 스스로 그 때를 아노라."

마왕 파순은 다시 사뢰었다.

"부처님이시여, 열반에 드실 때가 온 것이옵니다."

부처님이 답하셨다.

"그쳐라, 파순아. 여래는 스스로 그 때를 알아 오래 머물지 않으리라. 이 뒤 석 달이 지나면 본생처인 쿠시나가라의 사라 쌍수 사이에서 마땅히 열반에 들리라."

이 소식을 들은 비구들은 몸을 땅에 던지며 크게 울부짖었다.

"어쩌면 이리도 원통한가. 세간의 눈이 멸함이여. 우리는 이미 여기서 길이 쇠멸하리라."

부처님께서 여러 비구를 향하여 '그대들은 근심하고 슬퍼하지 말라. 사람이나 물건이나 어느 한 가지 나서 마치지 않는 것이 있는가? 수미산도 무너지고 천상의 모든 신들도 죽고 왕도 죽고 빈부귀천 내지 축생까지도 나서 죽지 않는 자는 없느니라. 그러니 석 달 후에 내가 반열반하더라도 괴이하게 여기지 말라' 라고 이르시고 때가 되시니 세존은 초선정初禪定에 들었다가 다시 일어나 제이선에 들어가고, 제이선에서 일어나 제삼선에 들어가고 제삼선에서 일어나 제사선에 들어가고, 제사선에서 일어나 공무변처정空無邊處定에 들어가고 공무변처정에서 일어나 식무변처정識無邊處定에 들어가셨다. 그때에 땅이 크게 진동하고 광명이 비추지 않은 곳이 없으며 도리천은 허공에서 문다라꽃과 우발라꽃, 파두마꽃, 구마두꽃, 푼다리꽃을 부처님과 대중 위에 뿌리며 또 신들은 전단향 가루를 부처님과 대중에게 뿌렸다. 그리고 범천왕은 허공에서 애도의 노래를 불렀다.

"모든 어두운 중생이여! 모두 마땅히 몸을 버려라. 부처님은 무상존無上尊이 되시어 세간에 비등할 이 없었다. 부처님은 대성웅이어서 무외無畏의 신력이 있으신지라. 부처님은 응당 오래 계시련만 이에 열반에 드시었도다."

모든 사람의 애도 속에 다비茶毘가 시작되었으나 장작불은 꺼지고 부처님의 유해는 타지 않았다. 말라족 사람들이 물었다.

"신들은 어째서 불타지 못하게 하는가?"

가섭이 오백제자를 거느리고 파바국에서 오는 도중에 있으므로 불신佛身을 보게 하고자 타지 않게 한 것이었다. 드디어 가섭이 당도하였다. 슬퍼하면서 부처님의 유해를 뵈옵기 간청하였으나 모두 싸 놓았기 때문에 곤란하다고 아난이 대답하였다. 때에 가섭이 부처님의 유해를 향하자 부처님의 관 속에서 두 발이 나왔다. 가섭은 곧 예배하였다. 사부대중과 모든 신들[諸天]도 동시에 예배하자 발은 곧 사라졌다. 그리고 다비를 위한 장작더미에 불을 붙이지 않았는데도 저절로 타올랐다.

마가다국, 베살리국, 카필라바스투국, 알라캇파국, 라마국, 베타디파국, 파바국 왕들은 각각 사리를 얻어 자기 나라에 돌아가 탑을 세워 공양했다. 향성香姓바라문은 사리를 담았던 사리병으로, 핍팔라바나촌 사람은 부처님의 유해를 다비한 재를 얻어 탑을 일으켰으니, 부처님의 사리로 8탑을 일으키고 제9탑은 사리병탑, 제10탑은 재탑이었다. 부처님께서 가신지 2518여 년 '자기를 등명으로 하고 법을 등명으로 하여 남을 등명으로 하지 말라'라는 자귀의 법귀의를 유훈으로 남기신 그 법등法燈의 빛이야말로 후대의 지금 우리를 염려하신 말씀이다. 실낱같이 복잡하게 뒤얽힌 인간관계, 철저하게 개인주의의 냉정한 현대를 살고 있는 우리는 누구를, 무엇을 의지할 수 있단 말인가. 다행히 우리 불자에게는 부처님의 법등명이 있다.

사라쌍수 아래서

음력 2월 15일은 부처님께서 열반하신 날이다. 이날을 맞이할 때면 인도 쿠시나가라 열반당에 모셔져 있는 부처님의 열반상을 생각하게 된다. 휘장을 두른 앞에 황색 이불을 목까지 덮으신 열반상은 방금 돌아가신 듯 실감이 난다. 이른 아침 햇살이 막 창틈으로 새어들어 불상을 비추는데, 벌써 싱싱한 생화 공양이 불단에 가득 곱게 장식되어 있음을 보고 부처님께서 임종 시에 아난존자와 하신 문답이 생각났다.

부처님께서 열반에 드실 때, 두 그루의 사라수沙羅樹 사이에 당신의 가사를 땅에 펴시고 그 위에 옆으로 누우셨다. 마침 그때 때아닌 꽃[非時花]이 날아내려 부처님 몸 가까운 지면에 떨어졌다. '이것은 누구의 공양입니까' 하고 아난존자가 부처님께 물었다. 부처님께서 '사라수의 신이 꽃을 뿌린 것이니라' 라고 대답하셨다. 거기서 아난이 부처님께 또 물었다.

"어떠한 공양이 최상의 공양입니까?"

부처님이 답하셨다.

"법을 잘 받아서 법을 잘 행하는 것이 최상의 공양이니라."

꽃을 공양하는 것도 물론 좋지만 부처님께서 보이신 진리를 받아서 그것을 몸소 잘 행해 나가는 것, 그것이 그대로 부처님께 공양하는 것이라는 의미의 대답이다. 『장아함』 3권에는 그 때의 답이 '수레바퀴 같은 자금紫金의 꽃을 부처님께 뿌려도 공양이 되지 못한다. 5온, 6입, 18계가 무아無我라는 것을 아는 것, 그것이 제일의 공양이다' 라는 게송으로 나와 있다.

아름다운 자금색의 꽃을 부처님께 올리는 것이 공양의 일부는 되지마는 그보다 부처님의 가르침을 알고 실천하는 것이 최상의 공양인 것이다. 이 공양이야말로 꽃보다 훨씬 실질적인 훌륭한 공양이다. 이 말씀은 부처님 일생의 근본 사상을 집약한 것에서 그치는 것이 아니고 부처님이 입멸하신 후 우리 불교도의 지도 원리가 되어 지금도 큰 길잡이가 되고 있다.

이 길잡이에 의하면 겉으로 아무리 공양을 한다 해도 아무런 의미가 없다. 부처님이 입멸하신 이후 제자와 신자들은 부처님의 인격을 추모하고 생전의 모습과 그 말씀을 어떻게 보존하고 후세에 전할 수 있을까 하고 고심했다. 그리하여 성지를 위시해서 처처에 탑을 세우고 사리를 봉안하고 그 후 점차 불상을 조각하고 불화를 그려 생전에 부처님을 뵙는 듯한 친근감으로 예경하고 공양하며 신앙의 대상으로 오늘에 이르렀다. 돌아가신 부모님 산소에 평소 좋아하시던 음식과 꽃을 올리는 것은 자손으로서의 자연스러운 인정이다. 그러나 그 부모의 교훈과 유지를 받들어 행하지 않으면 그것은 하나의 형식에 불과한 것이요, 참다운 효행은 아닌 것과 같이, 수레바퀴만큼 커다란 자금색의 꽃을 올리는 것이 자연스러운 인정이겠지만, 공양을 올리면서 부처님께서 설하신 가르침을 익히고 실천하는 것이 위없는 공양인 것은 말할 것도 없다.

무아에 든다는 것은 '참 나'에 착안着眼하는 것이다. 나[我]란 결코 자기 혼자만의 나가 아니다. 오늘의 신분, 지위, 생활, 사상, 신앙 모두가 자신의 힘으로 이루어졌다고 생각하나 실은 모든 인연의 힘으로 된 것임을 생각하고 감사해야 하며 따라서 나라는 마음을 버리고 이웃을 위하여, 나아가서는 사회, 국가를 위하여 자신을 내놓겠다는 마음이 무아에 드는 것이요 이것이 곧 깨달음의 꽃이다.

이와 같은 거룩한 꽃이 이 지상 어디에 있을 것인가? 어떤 사람의 마음이라도 포용할 수 있는 이 거룩한 정신만이 부처님에게 올리는 위없는 공양이다. 이 무아로부터 생긴 이타적 정열, 일신을 던져 행하는 희생적 정신, 즉 보살의 정신이 날로 높아져서 형상形相이 아닌 실다운 무아의 대전당, 무아의 대가람을 건립해야 한다. 이러한 행동만이 불교의 부흥, 올바른 인생의 부흥, 진리의 부흥을 가져온다. 물론 말은 쉬우나 실행은 어려운 것이다. 아집의 고뇌에서 아직도 벗어나지 못한 자신을 부끄럽게 생각하면서 열반재일을 맞이하여 참회의 꽃을 부처님께 올리고 싶다.

한 걸음, 한 걸음 무아의 정신을 행하는 것만이 부처님께 올리는 최상의 공양이리라.

동사섭의 의미

불교에 있어서 삶의 윤리 가운데 핵심이 되는 사상은 자비사상이다. 자비는 사랑하고 슬퍼한다는 뜻이니, 남의 행복을 나의 행복으로 즐거워하고 다른 사람의 고통을 자신의 고통으로 체험하는 삶이 자비로운 삶이다. 자비를 구현함에 있어서, 인간관계를 원만하게 이끌고 유지하는 데는 여러 가지 양상이 있다. 그 가운데 가장 대표적인 양상이 보시布施, 애어愛語, 이행利行, 동사同事로 일컬어지는 소위 사섭법四攝法이다.

보시란 물질적인 것이든 정신적인 것이든 상대방에게 필요한 것을 아무런 조건 없이 베풀어주는 것을 말한다. 애어란 사랑에 사무친 말씨로써 상대방의 마음에 평화와 아름다움을 심어주는 행위이다. 이행이란 다른 사람의 이익을 위해 적극적으로 노력하는 삶이다. 동사는 상대방과 고락을 함께하면서 그 상대방과 동일체[同一体]의 삶을 살아가는 것이다. 모든 존재는 자기중심성을 가지고 있다. 움직이는 물체를 갑자기 정지시키려면 물체는 이에 반발한다. 생명이 없는 물체도 이와 같이 자기 나름의 존재 방식을 고집하는 관성[慣性]의 법칙이 있다. 하물며 감정과 욕구를 가진 인간에 있어서랴!

그러나 인간은 이기적 탐욕이 이상적인 삶이 아님을 생각할 줄 아는 존재이다. 탐욕의 굴레 속에서 구속당하고 있는 삶이 진정 바람직한 삶은 아니라는 것을 판단할 줄 안다. 사랑을 통해서 이기적 자기중심성을 극복하고 큰 나[大我]를 실현하려는 이상을 품는다.

그러나 산업사회로 특징지어질 수 있는 근대 문명이 촉진되고 확산되면서 이러한 이상은 흔들리기 시작했다. 오히려 이기적 탐욕을 정당화하는 사조가 보편화하기에 이르렀다. 저마다 자기의 이익을 추구하는 것은 당연하며, 다른 사람보다 많은 이익을 획득하기 위한 경쟁이 자신의 발전과 사회의 진보를 위해서는 오히려 강조되어야 할 미덕으로 생각되기에 이르렀다.

물질적 이익만을 최고의 가치로 알고 그 방향으로만 치달려 온 근대 문명의 역사는 다른 측면에서 볼 때에는 이기심을 조장해온 탐욕의 역사라고도 할 것이다. 이러한 풍조 속에서 인간애는 붕괴되며, 인간의 존엄성은 땅에 떨어지고 만다. 오늘날 가정적으로나 사회적으로나 윤리상 많은 심각한 문제가 나타나는 근본적 원인은 여기에 있다 할 것이다.

불교의 사섭법에서 동사섭은 너와 내가 하나로 체험되는 삶의 현상이다. 여기에 있어서 '나'와 상대되는 '너'는 비단 사람만을 뜻하는 것은 아니다. 나 이외의 모든 존재가 나로 체험됨으로써 오척 단신의 좁은 의미의 나는 우주의 모든 존재와 하나가 되어 가장 큰 의미의 '나', 즉 대아大我를 이루게 되는 것이다. 그리하여 개미 한 마리의 고통도 나의 고통으로 느끼게 되고 공해로 말라죽어가는 나무 한 그루의 고사枯死 상태를 나의 고사 상태로 체험하게 된다. 여기에서 현대가 안고 있는 어려운 문제 가운데 하나인 진정한 자연보호가 가능하게 된다.

가정의 부부 생활에 있어서도 부부일신은 말 뿐이고 서로 상대방이 나에게 어떻게 해줄 것을 주문만 하고 내가 상대방의 고락을 나의 고락으로 체험해보려는 노력이 부족한 현대,

그래서 이혼율은 격증하고 있다. 입으로는 민족의 화합을 외치면서도 우리는 각자 민족의 구성원 하나하나의 고락을 진정 나의 고락으로 체험하려고 하는가. 이러한 삶의 자세와 그렇게 살려는 노력이 부족할 때, 국민 총화나 민족의 단결이라는 구호도 하나의 외침일 뿐, 그 참다운 구현은 어려울 것이다.

자연을 인간과는 대립된 존재로 파악할 때 자연은 정복이나 이용의 수단적 존재일 뿐 그 이상의 의미를 갖지 못하게 되어 자연의 파멸은 계속될 것이고 이에 따라 인간 자신도 파멸의 길로 치닫게 될 것이다. 부처님께서 말씀하신 동사섭의 정신은 어느 때 어느 곳에서나 다 실현되어야 할 삶의 보편적 원리이지만, 근대화를 준비하고 있는 오늘의 우리에게는 더욱 요청되고 절실한 의의를 지닌 삶의 원리요 가치라 하겠다.

참회하여 길을 찾자

참회는 자신의 잘못을 뉘우치고 용서를 비는 것이다. 사람은 누구나 크고 작은 잘못을 항상 저지르기 마련이다. 이 잘못을 인정하고 참회하는 데서 인격의 향상이 이루어진다. 잘못은 어디에서 오는가? 잘못 그 자체는 하나의 업業이다. 작위作爲이다. 부처님은 무위無爲의 세계에서 인연에 따라 지혜와 자비를 구현하신다. 다시 말해, 무위이화無爲而化하신다. 따라서 부처님의 세계에서는 잘못이 일어나지 않으므로 참회할 일이 없다.

그러나 성불의 경지에 이르지 못한 범부는 끊임없이 유위有爲의 행업行業을 일으키고 있으니, 그에 따라 잘잘못이 일어난다. 하여, 범부의 행업은 본질적으로 깨닫지 못한 데서 오는 정신적 어두움[無明]에 기초한 것이므로 모두가 잘못된 것이라 봄이 옳을 것이다. 그럼에도 불구하고, 우리는 무엇을 잘못했는지조차 모르고 지낸다. 하루하루의 생활 방식 그 자체에 길들여져 그러한 생활이 당연한 것인 줄로 착각하고 있다.

반성할 줄 모르는 사람이 진정 사람일 수 있을까? 참회로써 자신을 가다듬어 불도에 보다 가까이 가려고 노력함이 불교인의 당연한 삶의 방식이 아니겠는가? 우리 불교인은 근래 왜 그토록 참회할 줄 모르면서 생활해왔는가? 불교를 널리 펴 중생을 구제하다보니 참회할 겨를이 없었던가? 삼보를 호지[護持]하고 종단을 바로잡아 보려고 동분서주하다 보니 미처 참회에 눈을 돌리지 못했단 말인가?

옛날의 선지식들의 수행과 교화는 모두 참회 속에서 이루어졌다. 그 수행과 교화는 참회 속에서 더욱 진실했고, 진실했기에 그 수행과 교화는 더욱 빛났다. 참회 없는 수행은 자가당착이며, 뉘우칠 줄 모르고 부끄러워할 줄 모르는 교화는 위선이다. 그런 수행은 자신을 인격의 파탄자로 몰고갈 것이며, 그러한 교화는 대중을 바르게 인도하지 못할 것이다.

부처님의 가르침이 여법하게 실현되던 시기에는, 스님들의 생활 속에 자자[自恣]와 포살[布薩]의 행법[行法]이 있어서 스스로의 잘못을 공개하고 용서를 구했다. 함께 수도하는 스님들은 도반의 그러한 고백을 정성껏 듣고 서로 깨우치고 격려하며 관용했다. 요즈음은 누구 하나 자신의 잘못을 고백하기는커녕 자기 자신에게도 시인하려 하지 않는 것 같다. 또 고백한다 해도 그를 지혜롭고 자비롭게 깨우치고 용서하여 잘 인도하려는 마음의 넓이와 깊이를 가지고 있지도 않는 것 같다. 이러고서야 불교를 신행信行한다는 근본 취지가 어디에서 발견될 수 있겠는가? 또한 자신의 인격 향상을 무엇으로 기하겠는가.

보현보살의 십대원十大願 가운데에는, 중생 교화의 크나큰 서원을 발휘함에 있어 우선적으로 부처님에 대한 예경禮敬과 칭찬 및 공양과 더불어 자신의 죄업을 참회하겠다고 맹세하고 있다. 보현보살의 십종대원에서 나타나는 참회의 의미심장함을 깊이 생각해야 할 것이다. 불보살에 대한 예배와 공양의 신행은 참회에 의하여 더욱 경건하고 성스러우며 돈독해진다. 또한 중생을 교화하여 부처님의 진리가 영원히 이 세상에 빛나게 하려는 노력은 참회의 생활로부터 출발하는 것이다. 부처님 말씀에 '남을 가르치려 하거든 먼저 자기 자신을 가르쳐라' 하신 것은 무엇을 뜻하는가?

참회할 줄 모르는 자는 자신을 스스로 가르칠 줄 모르는 자이니, 남을 바르게 가르칠 수 없다는 말씀이 아닌가? 이제 우리 불교인은 누구를 탓하지 말았으면 한다. 그 이전에 모두가 스스로의 잘못을 진실하게 찾고 참회하는 생활을 회복해야 할 것이다. 이것만이 자신을 새롭게 회복하는 길이며, 불교계를 올바르게 재건하는 길이다. 뿐만 아니라 사회의 일반 대중을 바르게 인도할 수 있는 길도 열릴 것이다.

법을 보는 자 나를 보리라

사람마다 생각하는 것과 행동하는 방식에 차이가 있으니, 불자라고 해서 모두 같은 것만을 동일한 방식으로 생각하고 실천하는 것은 아니다. 따라서, 부처님 오신 날을 맞는 우리 불자의 마음가짐이나 행동 방식도 저마다 다를 수 있다.

불자란 부처님의 인격을 믿고 그 가르침을 따르는 사람이다. 그래서 부처님 오신 날이 가까워 오면 설렘과 흥분을 가지게 된다. 그분의 인격이 그토록 고매하기에, 그 어른의 뜻과 가르침이 더할 수 없이 높고 진실하며 옳은 것이기에, 그분의 숨결과 체취가 이미 우리 자신의 생명 속에서 빛을 발하기에 그러하다.

그러나 우리 불자는 진정 부처님께서 이 세상에 오신 뜻을 알며 실천하고 있는가. 해마다 이때가 되면 등도 달고 예배도 하며 봉축 법요식도 하지만, 우리는 얼마나 그 의미를 되새기며 나의 인격으로 내면화하고 있는 것일까. 부처님은 오시는 분도 아니고 가시는 분도 아니며, 그렇다고 머물러 계시는 분도 아니라고 했다. 즉, 무거무래역무주無去無來亦無住라고 했다. '온다는 것'은 '간다는 것'과 상대해서 말할 수 있는 것이며, '머무른다는 것'은 '가고 옴'과 관련해서만 성립될 수 있는 말이다. 부처님은 불변하는 분도 아니다. 변하는 가운데 불변의 것을 견지하고, 불변의 것은 변화 속에서 나타내는 분이라는 뜻이라 할 것이다. 부처님 인격의 핵심인 진리는 시간과 공간을 초월하여 영원하고 보편적인 것이지만, 그 영원하고 보편적인 불변의 진리는 변화무쌍한 인간의 역사와 자연의 현상 속에서 실현되는 것이다. 부처님의 가심과 오심 및 머무름도 이 변화와 불변의 관계 속에서 이해되고 체험되어야 할 것이다. 부처님께서는 일찍이 제자들에게 말씀하셨다.

"법法을 보는 자는 나를 보리라."

다시 말해서, 부처님께서 깨달으신 진리를 보는 자만이 부처님의 인격적 핵심을 알 수 있다고 말씀하신 것이다. 따라서 부처님께서 이미 이 세상을 떠나셨지만, 부처님은 그 떠나심의 의미를 아는 자에게 다시 오시는 것이다. 그리고 부처님께서 이천육백여 년 전에 이 세상에 오신 뜻을 분명히 아는 자만이 부처님께서 팔십 평생을 사시다 이 세상을 떠나 열반하신 의미를 분명히 볼 것이다. 뿐만 아니라 부처님께서 역사적으로 이미 이 세상에 오신 의미와 가신 뜻을 분명히 깨달을 때 부처님의 인격적 핵심인 진리가 이 세상에 영원히 그대로 함께함을 알 것이다. 또 부처님의 가르침이 이 세상에 그대로 살아 머무르고 있음을 밝게 통찰할 줄 아는 사람만이 부처님의 역사적인 오고 감을 바르게 알 수 있다. 역사적인 부처님은 이미 이 세상에 오셨다가 가셨다. 그러면서도 부처님의 진리는 지금도 항상 이곳에 변함없이 있다.

앞서 부처님은 변화 가운데 불변하고 영원의 불변 가운데 변화한다고 말했다. 따라서 감 속에서 옴을 볼 수 있고 옴 속에서 감을 알 수 있으며, 머무름 속에서 가고 옴을 보고 또 오고 감 속에서 머무름을 볼 수 있다. 뿐만 아니라 진리를 보는 자만이 부처님을 볼 수 있다고 했다. 이런 관점에서 해석해본다면 진실로 부처님을 보는 자는 언제나 자신에게 부처님이 오심을 볼 것이다. 그 오심은 가심과 다르지 않은 오심이고,

또 그것은 바로 나의 생명 속에서 항상 살아 머무시는 오심임을 체험하게 될 것이다. 부처님은 나의 인격에 어떻게 오시는 것일까. 이에 대해서는 지금까지의 설명으로 충분하다고 본다. 그러나 이와 같은 설명을 통해서 알게 된 것은 체험을 통해 완전히 분명해진 앎이 아니고, 단지 논리적인 사고에 의해서 이해한 것에 불과하다. 완전한 앎으로서의 실천적 체험지(體驗智가 아니다.

해마다 맞이하는 부처님 오신 날은 우리 불자에게는 가장 기쁘고 성스러운 날이다. 그러므로 가슴이 설레고 흥분하는 감정까지 느끼게 된다. 그러나 진정 부처님은 나에게 오실 수 있는가. 오신다면 그것은 무엇을 뜻하는가. 부처님 오신 날의 연례적인 행사에만 만족하지 말고 그 행사 속에서 이러한 문제를 깊이 생각하고 깨닫는 바가 있어야 할 것이다. 그 깨달음이 사회에 충만할 때, 우리가 살고 있는 사회도 새롭게 될 것이다.

사람의 틀은 저절로 되지 않는다

사람이나 짐승이나 출생한 그때에는 문화적 차이가 별로 없다. 그러나 자라남에 따라 그를 구성하고 있는 문화적 여건에 의해 사람의 틀과 짐승의 틀이 달라진다. 여기서는 사람의 틀[人格]에 대해서 생각해 보고자 한다. 사람의 틀은 그 사회, 문화의 여건과의 교섭 또는 영향에 의하여 형성되는 것임은 이미 정설이다.

가령, 태어난 꼴은 사람일지라도 그가 짐승 속에서 성장했을 때에는 사람다운 특징을 볼 수 없음이 우연한 사례로써 실증되었다. 그에게는 사람다워질 기회가 없었으므로 자연계 중의 동물이었을 뿐이다. 우리는 이 사례에서, 사람의 틀은 저절로 되는 것이 아니라, 여러 가지 여건의 교섭 또는 영향에 의해 이룩됨을 알 수 있다. 따라서 사람은 교육을 받고 교화敎化를 입어야 하는 것이다. 그리하여 우리는 부처님께서 깨달으신 내용을 사람들에게 가르치고, 또 스스로 사람의 틀을 갈고 닦는다. 그러면 어떻게 되어야 사람의 틀이 갖추어진 사람일까.

첫째로, 미숙성에서 탈피하여 자기 자신의 장단점과 능력을 알고 그 범위 내에서 대처해 나가야 한다. 이것은 자신의 당체當体를 바르게 알아 현실을 진지하게 받아들이는 자세를 갖게한다. 그리하여 열등 또는 우월 의식 따위로 개인 생활이나 사회생활을 그르치는 일을 야기하지 않는 사람이 될 것이다. 둘째로, 소아에게서 볼 수 있는 자기중심의 사고방식을 극복하여 남의 처지를 우선적으로 고려한 다음에 행위를 할 수 있어야 한다. 이것은 바로 소아병을 벗어나 이타로 직결되는 행동을 가져온다. 셋째로, 타율성에서 벗어나 자율적으로 생각하고 행위할 수 있는 힘을 가져야 한다. 이것은 구순기口脣期의 성격자처럼 수동적이고 의존적인 자세를 박차고 물심양면에서 스스로 규율하고 판단하여 독립하려는 포즈를 취하게 한다. 그리하여 이理와 사事에 다다라 삼독三毒의 끄트머리를 꺼 버리고 양식良識으로 매사를 마름질할 것이다. 넷째로, 좌고우면左顧右眄하는 관점에서 깨어나 확고한 불교관에 의한 인생관을 세워야 한다. 자기 나름대로의 관觀을 세우고 있는 사람은 미숙한 사람이 아니다. 그는 적게 알더라도, 불우한 처지에 있을지라도 스스로 살아나가는 데 있어서 의의와 보람을 가질 수 있기 때문이다. 그리하여 거친 언행을 할지라도, 비록 덜 닦였을지라도 그 속엔 감추어진 보배와도 같은 빛이 갈무리되어 두껍게 익어질 것이다.

이상과 같이 미숙을 면해 보려고 단계적으로 살펴보긴 했으나 그 전도는 멀고 먼 것임을 안다. 많은 사람이 미숙을 면해 보지도 못한 채 이승의 업을 중지하는 것도 안다. 그러나 우리에겐 불보살님이 열어보이신 길과 방법이 있다. 먼저 그 길로 들어가는 입구를 찾아내야겠고 보다 향상하기 위하여 정진해야 하며 사람의 틀을 완정完整하기 위하여 무지에서 탈피해야 한다.

또 불보살님의 가르침을 몸에 받아 지혜를 싹 틔우고, 제 힘을 계속 키우면서 실천하는 경험을 두껍게 두껍게 쌓아올려야 한다. 그리하여 더러는 고행도 자초하고 끊임없이 자기 성찰을 하면서 이승의 도정道程을 헤쳐나갈 때, 우리는 미숙을 면하여 사람의 틀을 스스로 체험할 수 있을 것이다. 부처님께서 이 승에 여래如來하신 것은, 바로 미숙한 사람의 틀을 성숙한 사람의 틀로 전화轉化시켜 보이시기 위함이다. 우리 사람의 틀이 십분 개발된 그것은 곧 성불로 생각할 수 있기 때문이다.

젊은 불자들에게

부처님은 바라문들에게 말씀하셨다.

"세상에는 네 가지 때가 있으니, 그때에 도를 행하면 복을 얻고 구원을 얻어 온갖 괴로움을 면할 수 있을 것이다. 그 첫째는 젊어서 기운이 왕성한 때요, 둘째는 부귀하고 재물이 있을 때요, 셋째는 삼존三尊의 좋은 복밭을 만날 때요, 넷째는 만물이 떠나고 흩어지는 것을 보고 걱정하여 생각하는 때이다. 이 네 때를 당해 도를 행하면 소원을 이루어 반드시 해탈의 문에 들어설 것이다."

(『법구비유경』「노모품」)

푸르른 산과 들, 파도치는 바다로 피서를 떠나는 여름은 그 열기와 무성함으로 젊음이 떠오르는 계절이다. 젊음은 가장 할 일이 많은 때이자 또 할 수 있는 일도 그만큼 많은 때라고 할 수 있을 것이다. 그리고 그 점은 우리 부처님 집안의 젊은 이에게도 예외는 아니리라. 그러나 또 한편으로 젊음은 그 넘치는 기백과 정열로 인해 자칫 방탕에 빠져 자신의 삶에 큰 흠집을 만들 수도 있는 시절이다. 그래서 부처님께서는 '나이 젊고 힘이 세면서도 삼가 교만하지 않는 일'이 어렵다고 경책하셨다.

돈보다도 소중한 것이 시간이고, 시간 중에서도 가장 중요한 시간이 젊음의 때이기 때문에 젊었을 때에 반드시 해야 할 일을 못하고 지나쳐버린 사람이 행복하고 성공한 인생을 살기는 극히 어려운 일이다. 그리하여 기운이 좋은 젊은 때에 다른 모든 일에 앞서서 진실된 인생의 기초를 닦는 것, 즉 도를 행하는 것이 무엇보다도 중요하다는 말을 하고 싶어 부처님 말씀을 벽두에 소개한 것이다.

'소년이로학난성 일촌광음불가경少年易老學難成 一寸光陰不可輕'이란 옛말을 굳이 인용하지 않더라도, 이미 무상無常의 이치를 보고 배워 알고 있는 우리의 젊은 불자가 아니겠는가. 아무리 아름답고 사랑스런 젊음이라 할지라도 강물이 흘러가듯 머물러 있지 않는 것, 결코 믿고 의지할 수 없는 것이다. 마치 부처님이 젊은 태자 시절에 온갖 기예를 익히다가 늙은 사람을 만나 젊음의 덧없음을 느끼고 수행의 길로 나섰듯, 오늘의 젊은 불자들도 부디 방일치 말고 자신과 불교의 미래를 위하여 도업道業에 매진하기를 진정으로 당부하고 싶다.

가을이 되면 이내 떨어질 저 초록의 허무한 무상함을 생각하면 정녕 우리의 인생에서 가치 있는 일이 무엇인가를 가슴으로 느낄 수 있다. 때를 당하여 비로소 서두르는 모습은 얼마나 안타까운가. 현명한 말은 채찍의 그림자만 보고도 달려 나가지만, 어리석은 말은 채찍의 고통을 당해서야 허겁지겁 달려 나간다고 부처님께서는 말씀하셨다. 성현의 말씀과 주변의 경험을 채찍삼아 총기 번득이고 힘 있는 젊은 시절에 불법의 큰바다를 건너야 하지 않겠는가.

무엇을 웃고 무엇을 기뻐하랴
목숨은 항상 불타고 있나니.
너희는 어둠 속에 덮여 있구나
어찌하여 등불을 찾지 않는가.

이 몸뚱이 보고서 완전하다 하여
그것에 의지하여 편하다 하는구나.
부질없는 생각은 병을 부르니
진실이 아닌 것을 왜 모르는가.

아아, 어느새 늙음이 닥쳐
얼굴은 변하고 망념이 생기나니.
젊을 때엔 뜻대로 이루어지나
늙어서는 남에게 짓밟히도다.

목숨은 밤낮으로 줄어드나니
때를 놓치지 말고 부지런히 힘쓰라.
이 세상은 분명히 덧없는 것이니
미혹하여 어둠 속에 빠지지 말라.
(『법구경』 22)

침묵과 무욕

우리가 수성獸性을 극복하고서 만물의 영장으로 지칭되고 추앙되는 까닭은 바로 진眞, 선善, 미美의 추구에 있을 것이다. 어떠한 경우이든 사람의 도리를 하고 사람됨을 실천한다는 일이 다반사 같은 것이건만 사실 얼마나 어려운 일인가. 막다른 데에서 양자택일을 해야만 하는 경우에 서 보면 분명하게 느낄 수 있다. 인간됨을 지킨다는 일은 커다란 버림이요, 소중하고 아까운 것의 포기라는 것도 알 수 있게 된다. 경우에 따라서는 선이나 의義 앞에서 목숨까지도 내놓아야 하는 경우도 있기 때문이다. 의를 추구하는가? 이利에 치우치지는 않는가? 택일을 앞에 놓고 명분을 잠시 생각해 볼 때가 많이 있다. 역경이라야

충신도 나오고 효자, 열녀도 나온다. 어려운 경우라야 사람의 진가가 나타난다. 자신에게 성誠을 다하려고 애쓰는 데에서 선이 이룩되는 것이 아닌가 한다.

사실 모든 철학의 큰 목적도 따지고 보면 최고의 선을 밝히는 데 있다. 불교도 그렇고 유교도 최고의 선을 추구하고 있음에는 공통된다. '몸을 성실하게 하는 데 도가 있으니, 선에 밝지 못하면 몸을 성실하게 할 수 없다[不明乎善 不誠乎身矣]'라고 『중용』은 말하고 있고, 제불통계諸佛通戒에서는 '제악막작 중선봉행 자정기의 시제불교諸惡莫作 衆善奉行 自淨其意 是諸佛教'라고 설파하고 있다. 불교인이라면 누구나 잘 알고 있는 내용이다. 그러나 우리는 불자로서 얼마나 사람됨을 저버리지 않고 남이 보지 않을 때라도 뜻을 청정하게 갖고 있는가 반문해보면 크게 부끄러울 때가 있다. 최고의 선을 지향하면서 내재한 불선不善과 싸워 자신을 조어調御하여 지키고, 자기를 이기는 자를 최승자最勝者, 불타佛陀라고 한다. '승리자, 조어사調御士, 최승자, 불타'는 모두 같은 말의 다른 표현일 뿐이다.

'싸움터에서 백만의 적을 이기기보다는 자기를 이기는 자가 최상의 승리자이다', '나를 이기는 자가 남을 이긴 자보다 뛰어나다'라고 『법구경』은 교훈의 등불을 밝히고 있다. 나를 이긴다고 하는 것은 나를 아는 일이요, 나를 안다고 하는 것은 무상한 존재로서의 덧없음을 아는 일이요, 고苦의 집集이 무엇인가를 바로 아는 일이다. 역시 모든 것의 뿌리를 멸滅하는 일이요, 그것은 버리는 일이다. 크게 버리는 일이 해탈이며 자유며 열반이라고 생각된다. 크게 버린다고 하지만 사실 크게 버릴 것도 버려질 것도 없다. 다만 스스로 그 뜻을 청정히 가져 성으로 선을 완수하는 일만이 인간다움을 실천하는 길이라고 생각된다. 그것은 높은 고지를 혼자 넘는 도보이기도 하고, 때로는 혼자 드리는 성스러운 기도 같은 것이기도 하며, 혼자 깨어 있는 새벽 아침의 맑음 같은 것이기도 하다. '자정기의', 일체의 군더더기가 떨어져 나간다. 버릴 수 있는 것은 모두 덜어내고 빈손, 빈 마음이 되어 텅 빈 방에 앉아본다. 적적요요寂寂寥寥가 본 자연이라던가. 침묵과 무욕無欲은 참으로 편하고 자유로우며 아름답기조차 한 것이다. 그리하여 진, 선, 미의 실천도 침묵과 무욕으로써만이 가능한 것이 아닌가 하는 생각이 든다.

이 땅에 연꽃을 심자

부처님께서 성도한지 5년쯤 지났을 무렵의 일이었다. 그때 부처님은 마가다국의 수도 라자가하[王舍城] 교외의 죽림정사에 머물고 계셨다. 하루는 이웃 나라인 베살리에서 사신이 찾아왔다. 가뭄으로 흉년이 든 데다가 몹쓸 전염병까지 돌아 사람이 죽어가니 부처님께서 도와달라는 부탁이었다.

베살리는 유명한 『유마경』의 무대이자 미녀 암바팔리가 부처님께 귀의하고 승원을 기증해 나중에는 전법의 중요한 거점이 되었던 곳이다. 그러나 이때는 아직 부처님의 가르침이 미치지 못하고 있었는데 전염병을 계기로 부처님을 청한 것이었다. 베살리 사람들이 부처님을 초청한 것은 그분에게 어떤 신비한 능력이 있을 것으로 믿었기 때문이었다. 베살리의 전염병 소식을 전해 들은 부처님은 오백 명의 제자와 함께 길을 떠났다. 마가다국의 빔비사라 왕은 부처님께서 전염병이 창궐한 땅으로 떠나는 것을 말렸지만 부처님은 '그들이 나를 원하는데 어찌 가지 않을 수 있겠는가' 하면서 만류를 뿌리쳤다.

베살리는 라자가하에서 닷새를 걸은 뒤 갠지스 강을 건너야 하는 거리에 있었다. 부처님은 발이 부르트도록 걸어서 갠지스 강가에 도착했다. 빔비사라 왕은 할 수 없이 많은 배를 동원해 부교浮橋를 만들어 부처님을 건너게 했다. 베살리는 과연 말이 아니었다. 여기저기서 사람이 죽어가고 시체 썩는 냄새가 코를 찔렀다. 아직 숨을 거두지 않은 사람들은 부처님이 왔다는 소식을 듣자 어서 기적을 보여 질병을 물리쳐줄 것을 바랐다.

그러나 부처님은 기적을 행하시는 분이 아니다. 다만 그분은 두려움을 없애주는 분이며 자비로운 분이다. 그래서 그분은 당신이 할 수 있는 일을 했다. 부처님이 먼저 한 일은 죽음의 공포에 떠는 그들을 위로하는 것이었다. 그래서 삼보에 귀의할 것을 가르쳤다. 부처님과 그 가르침과 승단에 귀의하는 사람은 반드시 구제 받을 수 있음을 확신시켜 주었다. 그런 다음 부처님은 제자들과 함께 발우에 물을 담아 여기저기에 뿌렸다. 병균이 우글거리는 곳을 깨끗이 씻어내기 위해서였다. 이렇게 일주일을 계속하자 마을에는 전염병이 사라졌다. 마침 하늘에서는 비까지 내려 가뭄도 사라졌다. 베살리는 다시 평온을 되찾았다.

경전은 이 이야기를 보다 신비적으로 묘사하고 있다. 예를 들면 '라트나수트라^{Ratnasūtra}'를 외우게 하여 질병을 물리쳤다는 것이다. 발우에 물을 담아 뿌린 것도 일종의 주술적 의례였다고 묘사한다. 여기서 부처님이 주술적 의례를 행했느냐 않았느냐를 따지는 것은 무의미하다.

분명한 것은 부처님이 재난을 당한 이웃을 보고 그들을 찾아갔다는 사실 그 자체다. 그리고 또 한 가지는 그들을 위해 제자들과 함께 매우 헌신적인 노력을 했다는 점이다. 무려 일주일이나 제자들과 함께 요즘 말로 방역 사업을 펼치는 부처님의 모습은 상상만 해도 감동적이다.

왜 이런 얘기를 하느냐 하면 지난 9월 홍수가 났을 때의 일이 생각나서다. 금세기 들어 최대의 강우량을 기록하여, 쏟아진 폭우로 사람들이 겪은 고통은 이만저만이 아니었다. 하루 아침에 가족과 재산을 잃고 넋이 나간 듯한 사람들의 모습은 우리 마음을 아프게 했다. 그래서 사람들은 너나없이 수재민을 돕는 일에 발 벗고 나섰다. 구호품을 싣고 오는 사람, 물 빠진 집에 들어가 옷가지를 꺼내 말려주고 터진 둑을 다시 막으며 밤낮없이 일한 사람, 신문사나 방송국의 의연금 모집에 선뜻 주머닛돈을 털어놓는 사람. 물론 개중에는 남의 고통을 아랑곳하지 않고 골프나 치러 다니는 얌체 같은 사람도 있었지만 그래도 이웃과 고통을 나누려는 사람이 훨씬 더 많았다.

요즘 세상을 각박하다고 한탄하는 사람이 많다. 사실 그럴 만한 일도 많은 것이 최근 세태이다. 하지만 남이 어려움에 빠졌을 때 조금이라도 돕겠다는 생각을 가진 사람이 의외로 많다는 것을 이번 기회에 확인했다. 특히 불교방송 성금 창구에 모인 불자들의 자비심이 어느 때보다 따뜻했다는 뒷얘기는 들어도 들어도 싫지 않은 아름다운 이야기다. 이런 일은 베살리에 전염병이 돌았을 때 오백 명의 제자들과 함께 그곳에 가서서 구호 활동을 벌인 부처님의 자비만큼 훌륭하다 해서 허물될 얘기가 아니다.

이런 자비심이 일회성에 그치지 말고 남이 알아주든 말든 언제나 계속되기를 희망한다. 그렇게만 된다면 이 세상이 그대로 연꽃 피는 정토가 아니 될 수 없을 것이다.

희망과 정진으로 가꾸자

분주하던 4월도 어느덧 지나가고 장미 넝쿨이 자태를 드러내는 계절이 왔다. 각 사찰이나 교단 안팎에서 부처님 오신 날 봉축 행사 준비로 들뜨고 어수선했던 분위기가 차츰 정돈되었다.

올해는 불교 집안에 대작불사가 많이 이루어져 불자들의 신심이 증장토록 도모해 주었고, 불교의 미래에 힘찬 희망의 빛도 던져 주었다. 세계 불교 역사상 기록될 만한 불교방송국의 개국은 그동안 모든 스님들과 불자들이 염원해왔던 결과라는 생각이 든다. 특히 부처님 오신 날에 맞추어 첫 법음法音이 전파된 것을 생각해보면, 마치 부처님께서 무상정등정각無上正等正

회향 · · · · 이 땅에 연꽃을 심자

^覺을 이뤘고 녹야원에서 아야교진여 등의 다섯 비구에게 처음으로 법의 수레바퀴를 굴리시던 모습이 상상된다.

태자의 부귀영화를 내던지고 진리를 얻기 위해 고행의 길을 택하셔서 그릇된 사상과 제도와 악마의 유혹을 물리치고 오직 정법을 증득하여 사자후를 하시던 모습은 오늘을 살아가는 불자에게 많은 시사를 준다. 물질의 번영에 안주하려거나 그릇된 사상을 신봉함으로써 스스로의 정신을 피폐시키고, 잘못된 욕망으로 권위나 명예에 탐착함으로써 인간성 상실을 초래하게 된다. 따라서 부처님은 진리에 대한 강한 의욕을 일으키도록 당부하셨다.

『잡아함경』 권15에 '네 가지 진리[四聖諦]에 대하여 아직 밝게 알지 못하였거든 마땅히 부지런히 방편으로써 왕성한 욕심을 일으켜 밝게 알도록 배워야 하느니라'라고 말씀하셨다. 물론 법을 배우고 알기에는 고통이 따른다. 그러나 그것은 삼세 윤회의 과정에서 극히 일시적인 것이다. 부처님은 100세 된 사부士夫와 어떤 사람과의 문답으로 비유를 들고 계신다.

어떤 사람이 사부에게 물었다.

"만일 사부께서 법을 듣고자 하면 날마다 세 때에 괴로움을 받아야 됩니다. 아침에 백 개의 창에 찔리는 괴로움을 받고, 낮과 저녁에도 또한 그와 같이하여, 하루에 삼백 개의 창에 찔리는 고통을 받아야 됩니다. 날마다 이와 같이 하여 백 세가 된 뒤에 법을 들으면 밝게 앎을 얻을 것이니, 당신은 과연 그렇게 할 수 있습니까."

이에 그 사부는 법을 듣기 위하여 능히 그것을 다 견디어 받았다. 무슨 까닭인가.

"사람이 세상에 나면 긴 밤 동안에 괴로움을 받는다. 때로는 지옥, 때로는 축생, 때로는 아귀, 이렇게 삼악도에서 속절없이 뭇 괴로움을 받지마는 그래도 법을 듣지 못한다. 그러므로 그는 이제 밝게 알기 위하여 몸이 다하도록 날마다 삼백 개의 창을 받는 것을 큰 괴로움으로 삼지 않았다."

2,500여 년 전 부처님께서 사바세계에 법륜을 굴리시던 정신이 오늘날 그대로 계승되어 불교방송국의 전파를 타고 온 누리에 법음이 가득하기를 기원한다. 한편, 법주사에서는 세계 최대의 청동미륵불을 점안하여 봉안하였다. 미륵부처님은 먼 뒷날 도솔천에서 이 사바세계에 하생하여 석가모니부처님이 미처 제도하지 못한 중생을 삼 회에 걸친 용화법회龍華法會로써 모두 제도할 것이라고 한다. 또한 미륵부처님은 도솔천에 왕생할 것이며, 그를 믿는 신자들도 도솔천에 태어날 것이라

는 왕생을 강조하고 있다. 오탁악세에 물들어 있는 중생에게 미륵부처님은 구원의 빛이다. 근자에 우리 불교는 여러 면에서 침체되고 방향을 잃었다.

교단은 분열상을 보이고 신자들은 신앙의 지침을 제대로 알지 못하는 실정이다. 그러나 불교방송국의 개국과 법주사 청동미륵대불의 봉안으로 모처럼 화기애애하고 생기 있는 분위기가 조성되고 있는 것 같다. 미래 구원의 빛이신 미륵부처님을 칭념稱念하며 희망과 용기를 얻고, 또한 삼백 개 창을 받는 것을 큰 괴로움으로 삼지 않고, 몸이 다하도록 네 가지 진리를 밝게 알기 위하여 부지런히 방편으로써 배워나가자.

의심은 장애 덩어리

거울이 없던 시절의 이야기다. 갓 결혼한 부부가 살고 있었다. 마냥 행복한 나날이 이어지던 어느 날, 부인이 부엌에 들어가 물을 뜨려고 보니 물독 안에 웬 예쁜 여인이 놀란 눈을 뜨고 자기를 쳐다보고 있었다. 부인은 놀라고 분한 마음에 단숨에 방으로 달려가 남편에게 언제부터 물독 안에 자기 몰래 여자를 숨겨놓았느냐고 대들었다. 영문을 모르는 남편이 부엌 물독 안을 보니 웬 남자가 놀란 얼굴로 자기를 올려다보았다. 남편은 부인에게 자기 몰래 남자를 숨겨놓고서 무슨 소리를 하는 거냐고 소리쳤다. 그래서 둘은 서로를 의심하고 성을 내어 큰소리로 다투었다. 이때, 지나가던 수행자가 그들의 다투는 소리를 듣고 들어왔다. 그들에게 싸우는 까닭을 듣고 난 수행자는 그들을 부엌으로 데리고 가서 그들이 보는 앞에서 물독을 방망이로 깨버렸다. 그러자 물독에 담겨 있던 물이 부엌 바닥에 온통 넘쳐흘렀으나 그들이 서로 상대방을 의심하여 숨겨 놓았다고 우기던 여인도 남자도 없었다.

그 수행자가 부부의 눈앞에서 의심덩어리를 깨버림으로써 불행의 벼랑으로 떨어질 뻔했던 부부를 제정신으로 돌아오도록 깨우쳐 준 것이다. 세상에는 많은 장애가 있지만 이 의심덩어리야말로 행복으로 가는 길을 원천 봉쇄하는 것이라 하겠다. 하반신이 없으면서도 의족은 이중의 장애라 싫다고 거부한 한 소년 장애자는 '장애는 슬픔이 아니라 단지 조금 불편한 것일 뿐'이라고 했다. 실로 육신의 장애는 단지 조금 불편한데 지나지 않는 것이라 할 수 있겠으나 마음의 장애는 세상을 지옥으로 만든다. 특히 의심은 사람과 사람 사이의 모든 순수하고 따스한 유대감을 말살하는 독약이다. 의심하는 병이 깊어지면 어떤 진실도 그를 치유하지 못한다. 그런 사람은 마침내 자기 자신조차도 의심하는 병에서 헤어나지 못할 것이다. 진실을 진실 그대로 받아들이는 사람, 서로를 믿고 도와주려는 사람 곁에는 많은 어진 이가 모여드는 법이다. 어진 이들과 함께하는 곳, 그곳이 바로 정토요, 어진 이들이라고는 없는 곳, 그곳이 바로 지옥이다.

아난존자가 부처님께, 좋은 벗은 도의 절반에 해당하지 않느냐고 여쭈었을 때, 부처님은 좋은 벗은 도의 전부에 해당한다고 하시면서 '너희가 나를 벗으로 함으로써, 죽어야 할 몸이면서 죽음으로부터 자유로울 수 있고, 늙어야 할 몸이면서 늙음으로부터 자유로울 수 있고, 병들어야 할 몸이면서 병으로부터 자유로울 수 있지 않느냐'라고 말씀하셨다. 부처님의 이 말씀을 생각해볼 때 새삼 함께하는 구성원의 중요함을 절감하게 된다. 좋은 벗은 저절로 내 곁에 오는 것이 아니라, 나 자신이 좋은 벗 노릇을 할 때 이웃해온다. 의심만 가득한 사람 눈에는 좋은 벗도 좋은 벗으로 비칠 리 없을 뿐 아니라, 그런 사람 곁에는 좋은 벗이 가까이 올 리도 없다. 그러므로 실로 탁한 세상일수록 의심이란 장애 덩어리를 부수어 버리는 일에 용맹을 다하지 않으면 안 된다. 좋은 벗이 멀리 가버리면 세상은 언제 맑아질지 기약할 수 없기 때문이다.

이것이 있으므로
저것이 있네

법화경의 가르침

우리의 가장 중요한 문제는 자기 자신을 아는 일이다. 우리는 자기 자신이 어떠한 것인지, 본체가 무엇인지 알지 못한다.

　이것을 가르쳐 주신 분이 부처님이시며, 이 내용이 수록되어 있는 것이 바로 『법화경』이다. 『법화경』은 부처님의 49년 설법 중에서 마지막으로 8년간 설하신 경전이다. 8권 28품으로 된 이 경은 크게 두 부분으로 나눠 앞의 14품은 적문迹門이라 하고, 뒤의 14품은 본문本門이라고 한다. 적문이란 우주 인생의 원리를 제시한 것으로 2,600년 전 인도에서 탄생하여 19세에 출가, 12년 동안 수행, 31세에 성도한 역사적 인물인 석가모니께서 진리의 총원總願을 설하신 것이다. 본문이란 석가모니불 자신의 진실신[身]을 밝히신 것이다. 즉, 인간에 나서 역사적 인격자가 된 부처님은 그 본신本身이 구원久遠의 본불로서 19세에 출가하여 31세에 성불한 것이 아니요, 원래의 진실신으로부터 중생을 교화하기 위하여 출현한 것으로 불신佛身의 사실을 밝힌 것이다.

적문에서 가장 중요한 것은 이승작불二乘作佛의 원리와 제법실상諸法實相을 말한 「방편품」이요, 본문에서는 구원겁진久遠劫盡부터 본래 부처님이었다는 것을 밝히는 동시에 부처님은 중생의 아버지요, 중생은 아들인 관계를 말하였으니 그것이 즉 「여래수량품如來壽量品」이다.

제법실상이란 천지 만물 모두가 한 진리의 활면活面이요 진리의 움직임이다. 진리를 떠나서 삼라만상은 존재하지 않는다는 현상 즉 세계관이다. 경문에 소위 제법이란 '여시상 여시성 여시체 여시력 여시작 여시인 여시연 여시과 여시보 여시본말구경등如是相 如是性 如是体 如是力 如是作 如是因 如是緣 如是果 如是報 如是本末究竟等'이라고 되어 있다. 여시如是의 '如'는 진여眞如의 뜻으로 진리라는 의미이다. 봄에는 꽃이 피고 가을에는 낙엽이 지며 우는 새소리 흐르는 물소리 이 대자연의 움직임은 그대로 진리 그 자체인 것이며 이것이 즉 제법의 실상인 것이다. 여시상이란 진리 그대로의 모양, 여시성이란 진리 그대로의 성性이다. 일체 만유 어느 것이나 모양[相]이 있고 성질[性]이 있다. 이 상과 성이 합해서 체體가 되고 체는 역力을 갖추어, 여러 가지의 작용을 발하고 그 작용은 원인이 있고 인因은 또 연緣의 도움을 요한다. 인과 연은 반드시 결과를 낳고 고락의 보報를 받게 되는 것이다.

이와 같이 상에서 보에 이르기까지 본말이 모두 이와 같은 것[如是]으로 진리를 떠나있지 않기 때문에 고로 여시본말구경 등이라고 한 것이다. 이것이 유명한 「방편품」의 십여시설十如是說이다. 따라서 천지 만유는 진리 아닌 것이 없고 부처님의 깊은 지혜란 이 진리의 근본을 체득한 것을 말한다.

이와 같이 알기 어려운 진리를 체득하시어 우리에게 알려주신 고마우신 석가모니부처님은 어떤 분이신가? 부처님은 이미 성불하신 구원 본불로서 영원한 미래까지 무궁한 것이라, 부처님 만나기 어려움을 알려 부처님을 사모하고 그 교법을 받아 고뇌를 해탈시키기 위하여 이 사바세계에 몸을 나투신 분이다. 여기에 부처님께서 명의名醫의 비유를 든 설화 하나를 소개하고자 한다.

많은 아들을 가진 한 사람의 명의가 있었다. 어느 날 아버지가 여행하고 없는 사이에 아들들은 독약인 줄 모르고 독약을 마셔버렸다. 아버지가 돌아와서 이 광경을 보고 크게 놀라 곧 해독제를 만들어 주었다. 그중에서 중독이 약한 아들은 그 해독제를 마시고 병이 나았으나 심한 아들은 그 약을 거절하고 마시지 않았다. 할 수 없이 아버지는 해독제를 모든 아들의 머리맡에 두고 다시 여행을 떠나, 아버지가 돌아가셨다고 전하였다. 이 소식을 들은 아들들은 크게 놀라고 슬퍼하며 아버지가 계실 때는 지중한 자애로써 그들의 병을 고치기 위해 갖은 애를 썼는데 이제는 불행히도 가셨으니 다시는 뵈올 수도 없고 오직 그들의 병을 구제할 수 있는 것은 아버지가 제조해준 약뿐이라고 생각하고 그 약을 마신 뒤 쾌유되었다. 아버지는 이 소식을 듣고 돌아와서 아들들과 재상봉하여 기뻐했다는 이야기다.

구원실성의 본불은 방편으로 멸滅을 나투어 아들들을 구제한 명의와 같은 것이다. 아버지가 자식을 구제한다는 것은 천륜이 아닌가. 구원본불과 일체중생의 관계는 부자父子의 관계이다. 그러므로 부처님은 일체중생을 구제하지 않을 수 없으니 과거에 있어서도 미래에 있어서도 현재와 마찬가지로 중생 구제에 수단을 구하시고 무한한 방편으로 근기에 따라 생멸의 모양을 보이는 것이요, 기실 나지도 죽지도 않는 구원의 본불이라는 사실을 밝히신 것이 「수량품」이다. 그래서 불교의 많은 경전이 있다 해도 구제할 부처님과 구제 받을 중생과의 관계를 이와 같이 말씀하신 경은 이 『법화경』 밖에 없다. 그런고로 예로부터 이 경을 모든 경 중의 왕이라 일컫는 것이다.

계율의 정신

불교의 계율은 불교인이 지켜야 할 도덕률이다. 부처님의 교
단에 있어서 처음에는 출가하여 승려가 되는 데에 삼귀의계
하나로 족했었다. 부처님께 귀의하고 그 가르침에 귀의하며
수행하는 대중 스님들께 귀의한다는 맹세로 승려가 될 자격이
갖추어졌다. 그러나 불교 교단이 점차 커지고, 또 승려 수가
증가함에 따라 계율은 여러 가지로 나누어지게 되었다. 그리
하여 비구의 250계와 비구니의 348계가 이루어지고, 또 도제
승으로서의 사미와 사미니 십계가 생기는가 하면, 일반 사회
인으로서의 불교 신자에게는 오계가 주어졌다. 또 뒷날 대승
불교에 오면 출가보살이나 재가보살을 막론하고 공통으로 지

켜야 할 10가지 큰 계와 48가지 가벼운 금지 사항이 규정되며, 나아가 보다 적극적인 의의를 분명히 천명한 삼취정계三聚淨戒를 실현해야 한다고 선언했다.

어느 종교에서나 계율의 항목은 대개 '하지 말라' 등의 금지적 명령문의 형식을 취한다. 이 점은 불교에 있어서도 마찬가지이다. 불교의 계율이 너무나 금지적인 사항으로 가득 차 있다고 하여 불교를 지나친 금욕주의 내지 고행주의로 단정하는 사람도 있다. 불교는 중도中道를 표방하는 종교이므로 극단적 쾌락주의나 극단적 고행주의는 불교적 삶이 아니다. 그러나 불교가 금욕주의적 성격을 띠는 것은 분명하다. 인간이 보다 바르고 밝게 살아가려는 삶을 방해하는 요인은 무엇인가. 그것은 끝없는 탐욕의 갈증과 꺼질 줄 모르는 분노의 불길, 그리고 독선의 아집 속에서 참을 못 보고 그릇되게 방황하는 무명 때문이다. 심리학적인 표현을 빌자면 이런 것들은 모두 본능적 욕구와 같은 것들이다. 이러한 본능적 욕구만을 따르다보면, 개인적으로는 욕망의 노예가 되어 인격적 주체성을 상실하게 되고, 사회적으로는 저차원의 이기주의가 난무하여 사회 자체가 붕괴될 것이다.

인류 역사상 르네상스 즉 문예부흥은 인간의 존엄성을 새롭게 인식한 중요한 사건이다. 인간은 그 무엇의 수단이 아닌 목적적 존재라는 것을 새롭게 자각한 대 사건이다. 따라서 르네상스는 인간의 절대적 자유와 해방을 부르짖었다. 그러나 르네상스의 인본주의 휴머니즘은 인간 해방을 부르짖다 보니 너무 자유분방하여 본능적 욕구의 충족을 최고의 삶인 양 착각하기에 이르렀다. 근대 이래 서구문명의 도덕적 타락은 여기에서 비롯되었다 할 것이다. 원래 본능적 욕구 충족은 찬양하고 조장할 것이 못 된다. 그렇게 안 해도 인간은 그것을 본능적으로 추구하는 동물이기 때문이다. 가르쳐야 할 것은 그것을 가치 있게 조성하고 통제하는 데 있다. 여기에서 계율의 금지적 성격이 갖는 의의를 다시 한 번 음미해야 할 것이다. 그러나 불교의 계율은 여기에서 그치지 않는다. 불교의 수많은 계율은 그 모두가 삼귀의계를 지키는 삶의 구체적 표현들이다. 그 구체적 삶은 각자 자기의 위치에 따라 현상적으로 계상 戒相에 차이가 있게 마련이다. 비구와 비구니, 사미와 사미니, 출가수행자와 재가 신자, 소승계와 대승계 사이의 계율 항목에 차이가 있는 것은 이 때문이다.

그러나 그 차이 중 모든 계율의 공통적 핵심은 첫째 살생하지 말라, 둘째 도둑질 말라, 셋째 사음하지 말라, 넷째 거짓말하지 말라의 네 가지이다. 이를 뒤집어 말하면 자비롭고 정직하며 밝게 살라는 것이다. 이렇게 적극적인 실천을 하도록 하는 계율은 첫째 계율을 잘 지키고, 둘째 착하게 살며, 셋째 모든 중생을 유익하게 하라는 대승의 삼취정계인 것이다. 다시 말해서 불교의 계율은 금지적인 계율에 철저함으로써 적극적인 계율에 나아가고, 적극적인 계율의 실천을 통해 금지적인 계율의 정신을 올바로 구현하는 데에 그 근본 취지가 있다.

이러한 근본 취지를 올바로 실현하는 과정이 불교의 수행이다. 이 수행의 철저를 통해 자기교육이 이루어지고 이상 사회 건설에 참여하는 길이 열린다. 청정과 화합을 표방하는 우리 불교 교단의 차원에서나, 전환기의 소용돌이 속에 있는 우리 국가, 민족적 차원에서나, 인류 문명의 새로운 갈등과 방황 속에 그 전도가 불투명한 세계 전체의 역사적 차원에 있어서나 우리 불교인은 이와 같은 불교의 계율 정신을 보다 깊이 반추해야 할 때라고 하겠다.

업의 세계는 거짓이 없다

업業이란 행위를 뜻하는 말이다. 모든 것은 업에 의한다고 한다. 과거·현재·미래에 걸쳐 그 어느 것도 업에 의한 결과가 아닌 것이 없다는 것이다. 그러기에 전생을 알고 싶으면 금생에 받는 결과를 볼 것이며, 내생을 알려거든 금생에 자기가 하는 일을 보라고 한다. 업은 개인의 행복과 불행만을 초래하는 것이 아니라 사람들이 의지해 사는 자연환경까지도 만들어 낸다. 많은 사람이 함께 짓는 공동의 업, 즉 공업共業은 중생에게 공동 여건이나 공동 운명을 초래하고, 그 공동 운명을 가진 사람들의 자연환경도 나타낸다. 불교에서 말하는 업, 즉 행위는 단지 눈에 보이는 동작만을 뜻하는 것이 아니다. 언어도 행위이고 마음속의 감정, 의지, 생각 등의 작용도 모두 행위라고 한다.

모든 것이 업의 결과라고 하는 업사상에 입각해 볼 때, 비록 자기 혼자 생각하고 느끼는 것은 자유라 하지만 그렇다고 하여 그것이 초래하는 결과에서도 우리가 자유로울 수는 없다. 그러므로 한순간 한순간 안팎으로 항상 살피지 않으면 안 된다. 겉으로 나타나는 동작과 언어는 남의 눈이 있어 지나친 것을 어느 정도 견제하게 되지만, 마음속의 공상이나 탐욕, 증오 등은 아무도 모르게 제멋대로 작용한다. 그 마음속의 작용은 언어와 동작을 통해서 나타나지 않으면 당장 다른 사람에게 피해도 없고 또 전연 알려지지도 않는다. 그러나 그 하나하나가 삶에 결정적인 영향을 준다고 생각할 때 마음속의 행위, 즉 의업意業을 다스리는 일이야말로 중요하다 하겠다.

불교에서는 몸으로 짓는 행위인 신업身業과 입으로 짓는 행위인 구업口業 및 마음으로 짓는 행위인 의업의 삼업三業을 말하고 있다. 이 가운데 의업은 사업思業이라고도 하며 신업과 구업은 마음속의 생각이나 뜻에 따라 겉으로 표현되는 행위라 하여 사이업思已業이라고도 한다. 많은 경론經論에서는 사思가 삼업의 바탕이라 하고 있다. 모든 것이 마음에 의한다는 것이 불교사상이다. 업도 근본적으로 마음에 달렸다. 사가 삼업의 바탕이라 하는 것은 바로 모든 것이 마음에 의한다는 불교의 유심사상과 맥을 같이하는 것이다.

불교에서의 모든 수행은 다 마음을 닦고 조절하며 통솔하는 실천이다. 마음을 닦아 맑고 밝게 함으로써 티 없고 사심 없는 상태를 유지하고자 한다. 마음을 잘 조절하여 매사에 지나침이나 부족함이 없게 하고자 한다. 마음을 잘 통솔하여 본의 아니게 나타나는 격앙된 감정이나 흥분을 가라앉게 한다. 그리하여 항상 마음이 안정된 상태에서 밝고 바르게 지속되도록 한다.

마음 하나만 올바로 붙잡으면 다른 모든 행위는 저절로 붙잡을 수 있다. 왜냐하면 모든 것이 다 마음에 의하며 신, 구, 의 삼업이 모두 마음을 그 근본 바탕으로 하여 나타나기 때문이다. 업의 근본 바탕인 사를 제대로 다스리면 다른 업은 저절로 다스려진다. 업의 세계에는 그 어느 하나도 거짓이 있을 수 없다. 업사상에 철저할 때 자기 자신의 행위 하나하나에 대한 책임 의식은 매우 깊어진다고 하겠다. 책임은 원래 자기 자신의 자유의지에 의한 자각에서 나온다. 강요된 행위나 스스로 판단할 능력이 없는 자의 행위에는 책임이 성립되지 않는다.

조용히 반성하면서 차분히 검토하고 개선할 줄 모르는 개인이나 집단에게는, 그리고 행동에 대한 책임 의식이 박약한 개인이나 사회에는 항상 불행과 혼란이 온다는 것을 깊이 깨달아야 할 것이다.

지식과 지혜의 차이

실천 없는 지식은 기억 덩어리에 불과하다. 불교를 많이 알면서도 행동은 비불교적인 사람이 적지 않다. 이들은 부처님의 말씀에 대한 기억만 많이 가진 사람이다. 불교에서의 지혜는 지식과 다르다. 그러면 어떻게 다른가? 지식과 지혜의 차이를 알기 위해서는 지식의 본질부터 알아볼 필요가 있다.

지식은 경험이나 논리적 사고에 의하여 얻어진다. 그런데 경험은 눈, 귀, 코, 혀, 몸, 의식 등 감각기관을 통해서 이루어진다. 이러한 감각기관을 통한 지식은 믿을 수 없는 경우가 허다하다. 다시 말해서 감각기관은 사물의 참모습을 반드시 그대로 사람에게 전해 주는 것은 아니다. 새끼줄을 뱀으로 보기도 하는 것이 눈이다. 코끼리의 배를 벽으로 느끼게 하는 것이 피부이다. 경험적 지식이 언제나 참되다는 생각은 잘못이다.

논리적 사고는 보통 분석을 통한 결론이다. 즉 분석한 사고이다. 분석은 가끔 전체적인 본질을 잃기 쉽다. 분석을 통한 파악은 이미 전체 그대로의 파악은 아니다. 또, 논리적 사고는 사고의 법칙을 강조하는데, 그러한 법칙 자체를 맹신해야 옳을지 의문이다. 왜냐하면 논리적 법칙도 가끔 잘못과 한계가 발견되어 수정되기 때문이다.

이상과 같은 몇 가지 점을 고려할 때, 참다운 지식은 사물 그 자체에서 파악하되 그것은 경험에 의존하기보다는 순수한 정신적 눈으로 보아 아는 지식이어야 할 것이다. 불교에서 말하는 지혜는 이와 같이 순수하게 맑고 밝은 정신적 눈으로 보아 아는 것을 가리킨다.

그러므로 지혜는 머리로 아는 것이 아니다. 진정한 정신적 눈은 인격 전체의 눈이기 때문이다. 따라서 불교의 지혜는 사물에 동요됨이 없이 순수하게 맑고 밝은 인격 속에서 체득된다. 다시 말해서, 순수한 인격에서 나타나는 체험적 지식이다. 그러므로 지혜는 반드시 삶으로 구현된다. 행동으로 나타나지 않는 지혜는 참된 지혜가 아니다. 따라서 지혜라 할 때에는 이미 지知, 행行의 문제가 일어날 수 없다. 지혜로운 사람은 밝게 알고 바르게 실천하기 마련이다.

세상에는 알면서도 행동하지 않는 자가 많다. 이 사람은 지식은 있으나 실천이 없는 자이다. 그 지식은 참된 지식이 아니다. 지식보다는 실천을 강조하는 사람도 있다. 이 말은 얼핏 그럴 듯하게 들린다. 특히 지식은 많으면서도 행동이 다른 사람이 많은 세태를 생각할 때, 지식보다 실천을 중요시하는 것은 매력적이다. 그러나 이 또한 위험한 생각이다. 무엇이 옳고 그른지 모르면서 행동하는 것은 위험성을 지닌다. 설사 그 행동의 결과가 좋다 하더라도 그 좋은 결과는 우연의 결과에 불과하다. 뿐만 아니라 알지 못하는 가운데서의 행동은 우직한 맹목이 되기 쉽다.

진정한 앎과 참된 실천이 한 덩어리가 되어서 체득되는 순수한 인격의 힘인 지혜야말로 사람을 참된 의미에 있어서 사람답게 하는 것이다. 이 모든 사람을 밝은 마음과 자비스러운 심정을 가지고 행복을 구가하는, 이상 세계로 안내하는 길잡이가 바로 지혜이다. 우리의 하루하루 생활을 밝고 아름답고 따뜻하며, 바르고 풍요롭게 하는 나침반이다. 지혜로운 자가 되게 하는 것이야말로 교육의 최종 목표라 할 것이다.

지혜가 이토록 개인적으로나 사회적으로 본질적인 가치와 의미를 지녔다는 것은 불교를 조금만 이해하는 사람이면 누구나 아는 사실이다. 그러면서도 어찌하여 지혜롭지 못한 불교인이 많을까? 그것은 너무나 사려 분별이 많기 때문이고 이기심이 많기 때문이다. 실천적 체험의 경지가 없기 때문이다. 이러한 데서는 지혜가 나타날 수 없다. 지혜가 중요하다고 외치지만 말고 다 같이 지혜의 본질을 깊이 통찰해야 할 것이다. 그리고 지혜의 체득을 위한 진정한 인격 수행을 해야 할 것이다.

아는 것과 실천하는 것

불교에서는 흔히 알면서도 실천하지 않는 사람을 가리켜 밥을 말하면서도 먹지 못해 굶주리는 사람으로 비유한다. 알면서도 실천하지 않으면 그 안다는 것이 인격에 별다른 도움을 주지 못한다는 것이다.

한편 알지 못하고 실천하는 것을 권하는 입장도 아니다. 그것은 맹목적 실천이기 때문에 참된 의미에서 고매한 인격에서 나온 실천으로는 볼 수 없다. 왜냐하면 고매한 인격은 자유의지를 바탕으로 해서만 성립되며, 자유의지에 의한 고매한 인격에서 나오는 실천은 바르게 한다는 것을 전제로 하기 때문이다. 그러므로 불교에 있어 인격의 완성자인 부처님을 흔히 명행족^{明行足}이라고 부르기도 한다. 명행족은 명과 행, 즉 밝음과 실천이 모두 만족스럽다는 말이다. 여기서 밝음은 밝게 안다는 것을 뜻한다.

그런데 불교에서 바르게 안다는 것은 무엇을 뜻하는가. 그리고 그 앎은 실천과 어떻게 관련되는 것인가. 불교에서 진정한 앎은 깨달음을 통해서 이루어진다고 한다. 이 깨달음은 단순히 정보적 지식이나 또는 분석 추리를 통한 인지가 아니다. 지^知, 정^情, 의^意의 통합적인 인격 전체가 순수한 상태에서 직관을 통해 획득하는 통찰이다. 그리고 그 통찰은 그 자체가 바로 삶에 결정적인 전환을 일으키는 힘을 지니고 있는 것이다. 그래서 불교에서는 이러한 앎을 흔히 상식적으로 세상에서 사용하는 지식과 구별하여 지혜라 한다. 이렇게 볼 때 불교에서 말하는 진정한 앎은 실천자의 성격을 지닌다. 따라서 참답게 안 사람은 반드시 실천으로 그 앎을 구현하는 것으로 되어 있다.

앎과 삶의 문제를 인격의 문제와 관련하여 생각해보자. 무엇이 옳고 그른지를 바르게 알지 못하고 행한 실천은 그 실천이 결과적으로 아무리 훌륭해도 우직한 행동이라 할 수밖에 없다. 그러므로 그러한 사람의 인격은 '우직^{愚直}'으로 그 성격을 규정짓게 된다. 그러나 알면서도 실천하지 않는 것은 안과 밖이 다른 것이 된다. 그래서 번민하게 된다. 그러나 자신의 앎과 실천의 불일치를 느끼고 고민하는 사람은 그래도 양심의 소리에 귀를 기울이고 자기 자신을 반성하는 사람이다. 이에 비해 아무런 반성이나 고민 없이 앎과 행동이 일치하지 않는 삶을 일상적으로 영위하는 사람은 위선자이며, 이중인격자이고 인격 파탄자라 할 것이다. 왜냐하면 인격은 지, 정, 의의 내면적 요인과 실천의 외면적 요인들의 통합성을 뜻하기 때문에 안과 밖이 다른 것은 그 통합성이 파괴되고 파탄에 이르렀음을 말하는 것이다.

그러므로 부처님은 완전한 인격자가 되는 길은 육체적 동작이나 언어생활 및 의식 작용 전체가 바르게 되어야 한다고 가르치셨다. 이 점은 진리의 세계에 들어가는 길로써 말씀하신 팔정도를 보면 분명해진다. 즉 바르게 보고, 바르게 생각하며, 바르게 말하고, 바르게 행동하며, 바르게 생활하며, 바르게 노력하고, 바르게 마음에 아로새기며, 바르게 마음을 정립한다고 하는 팔정도는 인간의 동작, 언어, 의식이 바른 차원에서 통합되어야 함을 말하는 것이다. 이러한 바른 인격적 통합 속에서만 열반, 즉 진리의 세계에 이르러 모든 괴로움에서 자유로울 수 있다는 것이다.

우리 불교인은 우매에서 벗어나 바르게 알기 위해서 부처님의 말씀을 읽고 또 바르게 아는 스님들로부터 바른 가르침을 자주 들어야 한다. 그리고 안 것은 또한 실제 생활에서 실천해야 한다. 실천을 통해서 확실하게 증명되지 못한 앎은 지식 정도에 불과하다. 그러한 앎은 지혜로 표현되는 진정한 앎이 아니다. 그러므로 이런 수준의 앎은 아직 나의 생명의 수준에까지 육화 되고 체질화 되어 있는 앎이 못된다.

　이상과 같이 볼 때 올바로 실천하지 못하는 사람은 진정 불교적인 의미에서 올바로 안 사람이 아니다. 이렇게 해야만 하는데 하면서도 실천하지 못하는 자기 자신에게 끊임없이 올바로 안 것이 아니라고 자책해야 할 것이다. 이 자책은 하나의 참회이다. 참회가 없는 곳은 위선이 난무하고 반목과 대립이 벌어지게 되는 것이다.

언어는 진리를 나타내는 방편

말이라는 것은 하나의 도구요 상징이다. 하나의 예를 들어 보자. '책상'이라는 말은 이 말이 가리키는 책상 그 자체가 아니다. 그 책상을 지시하는 도구요 상징에 불과하다. 따라서 말 자체를 그대로 진리로 보아서는 안 된다.

말은 불교에서 자주 비유하듯이 달을 가리키는 손가락과 같은 것이다. 말 그 자체에서 진리를 찾으려는 것은 마치 달을 가리키는 손가락 자체에서 달을 찾는 것과 같이 헛수고가 될 것이다.

이와 같은 점에서 부처님의 말씀도 예외가 아니다. 부처님께서 45년간 그토록 자상하고도 간곡하게 하신 가르침의 말씀도 단지 진리를 나타내는 도구요 상징인 것이다. 말씀 그 자체가 바로 진리 그 자체는 아니다. 부처님께서 무수한 가르침의 말씀을 45년간이나 하시고도 열반의 자리에서, '나는 45년간 한마디의 말도 하지 않았노라'고 하신 것은 위와 같은 말과 진리의 관계에서 이해할 수 있을 것이다.

원래 말은 문화적인 산물이다. 그러므로 문화권이 다르면 말도 다르다. 같은 산을 놓고도 한국 문화권에서는 '산'이라 하고 영미 문화권에서는 '마운틴'이라 하며, 일본 문화권에서는 '야마'라고 한다. 이러한 점은 말이 문화적 산물임을 단적으로 표현한다. 뿐만 아니라 말은 사물을 지시하는 상징이요 도구라고 할 때, 이 상징이요 도구인 말이 문화적 산물이라고 하는 점은 말이 사물이나 진리 그 자체가 아닐 뿐만 아니라 그 사물이나 진리를 지시하는 상징 또는 도구로써도 완전하지 못함을 나타내 준다. 상징과 도구로서의 가치도 시대와 지역의 문화적 차이에 따라 달라지는 상대적 의의를 지닌다.

이런 점에서 볼 때, 불교 특히 선불교에서 불립문자不立文字라 하여 언어 또는 그 언어의 기호인 문자에 의지하려 하지 않는 것은 진정 올바른 입장이다. 진리 그 자체를 깨달아 체험하려 함에 있어, 단지 도구나 상징에 불과한 언어나 그 언어의 기호를 의지하는 것은 나뭇가지에서 물고기를 찾는 것[緣木求魚]과 다르지 않기 때문이다.

그런데 이 시점을 돌려보면 이 불립문자라는 말은 절대적인 진리가 아니다. 비유컨대 달을 가리키는 손가락이 없을 때는 달을 정확히 볼 수 있는 방향을 찾기 어려울 것이다. 손가락 그 자체가 달은 아니라 하더라도 손가락의 방향 지시가 있음으로써 달을 용이하고도 분명하게 볼 수 있다. 말 그 자체가 진리인 것은 아니라는 것을 누구보다도 명확히 알고 계시던 부처님께서 그토록 많은 가르침의 말씀을 하시게 된 까닭이 여기에 있다.

부처님께서 이 세상에 오신 이유인 일대사인연一大事因緣은 중생에게 진리를 열어 보여주어 그 진리를 각자가 깨닫게 하는 개시오입開示悟入에 있으며, 이를 위해서는 달을 가리키는 손가락과 같은 구실을 할 말씀이 필요한 것이다. 비록 언어나 문자가 그대로 진리 그 자체인 것은 아니지만 언어나 문자가 아니면 부처님께서 이 세상에 오신 의의를 구현할 수 없다. 여기서 불교의 진리는 불립문자의 경지이면서도 이 경지를 구현함에 있어서는 또한 언어와 문자를 떠날 수 없는 불리문자不離文字의 입장에 서 있다.

그리고 이 불립문자이면서도 동시에 불리문자의 불교적 입장은 불교의 중도사상에 의해서도 확연하게 부각된다. 한쪽에 치우쳐 그것만 고집하는 것은 불교의 핵심 사상 가운데 하나인 중도의 정신에 어긋난다. 불립문자만 고집하는 것은 일종의 편견이다. 그 뿐만 아니라 불리문자에 치우치는 것도 불교의 중도사상에서 볼 때에는 온당치 못한 사견이다. 불립문자도 아니고 그렇다고 불리문자도 아니며 이 극단적 입장을 모두 버리고 지양止揚함으로써 오히려 두 극단을 모두 포용하는, 그래서 언어와 문자를 떠나지 않으면서도 그 언어와 문자의 노예가 되지 않는 것이 진실한 불교적 입장이다.

지혜와 신행

고^苦의 원인은 무명과 탐애이며 이를 닦아 멸^滅의 경지로 나아
갈 도^道의 방법을 천명하는 것이 지혜이다. 이 지혜를 체득함
으로써 자비심을 일으키고 깨달음의 세계를 열어 신행^{信行}을
실천할 수 있는 것이다.

  지혜의 '지^智'는 인간세의 일반적 도리인 속제^{俗諦}를 익숙하
게 안다는 뜻이고, '혜^慧'는 출세간의 절대적인 진리의 진제^{眞諦}
를 잘 조명하여 드리운다는 뜻이라고 할 수 있다. 전자가 사물
에 당하여 어떤 결단을 내려야 할 의지라면 후자는 현사^{現事}의
옳고 그름을 가르는 능력이라 할 것이다.

  이 같은 지혜를 체득하면 모든 중생을 구제하고자 하는 자

지혜와 신행

고(苦)의 원인은 무명과 탐애이며 이를 닦아 멸(滅)의 경지로 나아
갈 도(道)의 방법을 천명하는 것이 지혜이다. 이 지혜를 체득함
으로써 자비심을 일으키고 깨달음의 세계를 열어 신행(信行)을
실천할 수 있는 것이다.

  지혜의 '지(智)'는 인간세의 일반적 도리인 속제(俗諦)를 익숙하
게 안다는 뜻이고, '혜(慧)'는 출세간의 절대적인 진리의 진제(眞諦)
를 잘 조명하여 드리운다는 뜻이라고 할 수 있다. 전자가 사물
에 당하여 어떤 결단을 내려야 할 의지라면 후자는 현사(現事)의
옳고 그름을 가르는 능력이라 할 것이다.

  이 같은 지혜를 체득하면 모든 중생을 구제하고자 하는 자

비력을 발휘하게 된다. 즉 중생은 왜 고해에서 허우적거리며, 그들을 어떠한 방법으로 구제해야 할 것인가에 대해 연민의 정을 드러내는데 여기서 신행이 제고된다.

그리하여 이 지혜는 육바라밀의 하나로서 맨 끝에 들면서도 가장 중요시된다. 그 까닭은 육바라밀이라 할 때의 바라밀이라는 말의 의미부터가 '현실의 괴로움에서 번뇌와 고통이 없는 피안의 경지로 건넌다'는 것인데, 이는 곧 지혜의 배로 '차안→피안'에의 신행을 할 수 있다는 말이다.

육바라밀 중에서 첫째인 보시바라밀은 '보시는 보살의 땅으로서 그 행위는 지혜심의 결과「유마경」'라고 하였다. 둘째인 지계바라밀의 경우는 스스로 '성불의 그릇'으로 책려策勵하면서 게으름을 멀리하고 몸가짐을 청정히 해야겠다는 자각심으로, 이 또한 지혜심에서 우러난 것이다. 셋째인 인욕바라밀의 경우는 견디기 어려운 고통도 욕됨도 참는 것은 큰 힘의 밑천이 된다는 지혜심에서 나타나는 행이라 할 것이다. 넷째인 정진바라밀의 경우는 마음을 가다듬어 그릇된 행은 버리고 바른 행을 닦으면서 한마음으로 불도를 닦으려면 게으름을 없애야 겠다는 것이므로 이것도 지혜심의 발로라 하겠다. 다섯째인 선정바라밀의 경우는 선정禪定을 하며 삼매경에 이르면 용맹

정진해야겠다고 각성하게 되는데, 마찬가지로 지혜심의 밑받침이 없고서는 될 수 없는 일이다.

이렇게 볼 때 육바라밀은 하나같이 지혜[般若]바라밀로써 뒤를 받치고 있다. 한편 지혜바라밀이 앞의 다섯 바라밀의 눈으로서 배경이 되고 있거니와 앞의 다섯 바라밀 자체도 그를 신행하는 사이에 지혜바라밀을 조성하여 자아내기도 하는 것이다. 이를테면 선정바라밀을 수행하니 지혜가 나고, 정진바라밀을 수행하니 지혜가 원만해지며, 인욕바라밀을 실행하니 지혜가 실팍해지고, 지계바라밀을 가다듬으니 지혜의 틀이 잡히며, 보시바라밀을 대두시키니 지혜가 힘을 가지게 되는 것이다. 이처럼 앞의 다섯 바라밀과 지혜바라밀이 눈과 발 같이 행하니 바로 신행이 된다.

우리가 누구든 성불할 수 있다는 근거로서 모든 중생은 불성을 지녔기 때문이라는 말도 따지고 보면 누구든 가질 수 있는 이 지혜와 신행에 연유할 것이다. 왜냐하면 지혜로 하여 모든 중생은 부처의 경계에 이를 수 있으므로, 따라서 성불의 신행을 평등하게 갖추고 있다고 할 수 있기 때문이다. 바꿔 말하면 신행하여 지혜를 증장시켜야 불성도 뚜렷이 드러나게 되고 성불도 할 수 있다. 그러므로 지혜는 청정 자성과 직결되어 있으며 그 지향점은 신행에 있기 때문에 자비심과 혼융渾融되어 있다.

우리는 부처님 지혜를 무상정변지無上正遍智 또는 무상정등정각이라 한다. 최상의 깨달음이라는 뜻이다. 우리가 상구보리上求菩提라 할 때의 보리菩提는 '도道, 지智, 각覺의 뜻으로 부처님 정각의 지혜를 가리킨다. 이것은 우리도 번뇌를 끊고 진리를 깨달으면 갖게 되는 것이다. 여기서 '정변지正遍智' 란 바르고 두루 세간에 널리 비추고 중생에게 힘을 북돋아주는 것이기 때문에 묘지력妙智力이라고도 한다.

그런데 '상구보리' 라는 어구 다음에 따라붙는 '하화중생下化衆生'이라는 어구를 잊어서는 안 된다. 무상無上의 진리인 보리지혜를 구해 성취함은 고뇌 속의 중생을 제도하는 일로 그 책무가 막중하기 때문이다. 그래서 앞서 지혜의 지향점은 수행에 있다고 하겠다. 이렇게 볼 때 지혜의 성취는 신행에 있다. 대비발심大悲發心을 불러일으켜 중생의 고통을 나의 아픔으로 삼겠다고 한 유마거사의 신행은 몸소 지혜와 대비를 일치시킨 지혜 성취의 선례인 것이다.

한마음으로 돌아온다

우리는 현재에 살면서 과거를 돌아보기도 하고 미래를 내다보기도 한다. 여기서 현재에 산다고 함은 노력하고 있는 존재 자체를 가리키며, 과거를 돌아본다 함은 생을 반성함을 뜻하며 미래를 내다본다 함은 계획을 가리킨다.

이러한 것은 우리의 삶을 보람 있게 영위할 수 있게 한다. 보람 있는 삶을 누리려면 우리는 과거를 진지하게, 미래를 성실하게, 현재를 충실하게 엮어야 한다. 우리가 '현재'를 충실하게 하려면 그 바탕을 현실에 두어야 할 것이다. 또 미래를 성실하게 하려면 이상理想의 설정이 명확해야 할 것이다. 그리고 과거를 진지하게 하려면 끊임없는 자기 성찰이 있어야 할 것이다.

참으로 이 세상은 복잡다기하고 혼돈스러워 보이기까지 한다. 그러나 다시 한 번 살펴보면 단순하고 질서 정연해 보이기도 한다. 이러한 것은 모두 우리 한마음[一心]의 다양한 변화에 기인한다. 그러므로 모든 것은 이 한마음에 있다. 사실 우리 주위에서 제기되는 모든 문제는 바로 한마음에서 시작되어 그 해결의 실마리도 한마음에서 마련된다. 즉 모든 일의 시종始終은 한마음에 귀결된다. 따라서 일체의 사안事案에 대한 책임은 궁극적으로 '나'에게 있게 된다. '나' 밖에서, 즉 한마음 밖에서 문제의 해결을 찾으려 하면 방황하게 되는 것이다.

이 삼세三世에 걸쳐 무시무종無始無終한 한마음을 가늠하고 밝혀내는 일은 나를 튼튼하고 당당하게 키우는 일이다. 이것은 우리의 생을 참되게 영위하는 관건이기도 하다. 우선 보기는 바깥이 밝아서 '일'을 찾기가 쉬울 것 같으나, 그리되면 방황과 곤고困苦만 끼치게 될 것이다. 얼핏 보기에는 우리의 한마음이 종잡을 수 없어 어둠 속의 조약돌처럼 찾기가 어려울 것 같으나, 관건은 여기에 있으므로 가장 쉬울 수도 있다. 문제의 핵심이 이 한마음에, 즉 나에게 있음을 인지하면 적극적이고 창조적인 생을 전개시켜 나가게 될 것이다.

먼저 모든 것은 한마음에서 시작하여 한마음으로 돌아온다는 신심信心을 발해야겠다. 우리 한마음의 변용變容은 헤아릴 수가 없다. 표면에는 무수한 얼굴이 떠오르는가 하면 그 심연에는 나 자신조차도 알지 못하는 얼굴이 있다. 거울 앞에 비치는 얼굴만 보는 사람은 실로 나를 볼 줄 모르는 사람이다. 이 무수히 변화하는 얼굴을 하나로 보는 일은 곧 한마음을 보는 일이다. 삼세의 시간이나 삼계三界의 공간 모두는 한마음 안에 있어 거기서 피어나거나 꺼져든다. 그중에서 가장 밝고 맑은 한 덩이가 '나'라고 여길 때에 발심發心이 된 것이다. 이 발심된 것을 가슴에 고이 간직할 때, 우리는 참모습을 갖추었다고 할 것이다. 그리하여 이것은 삼세를 허위대로 삼고 삼계를 허울로 삼아 무진無盡의 장場에 노닐 것이다. 이것을 신입信入해 들어가면 삼세에 걸쳐 있는 한마음을 보게 될 것이다. 그리고 다른 마음이 같은 마음임을 알게 될 것이다.

회향 · · · 이것이 있으므로 저것이 있네 ·

왜 일즉다^{一即多} 다즉일^{多即一}인가

의상대사께서는 그의 『화엄일승법계도^{華嚴一乘法界圖}』에서 '一'과 '多'의 상즉^{相即} 관계를 말씀하고 계신다.

일중일체다중일 일즉일체다즉일^{一中一切多中一 一即一切多即一}

일미진중함시방 일체진중역여시^{一微塵中含十方 一切塵中亦如是}

하나 속에 일체요 여럿 속에 하나하나가 곧 일체요 여럿이 곧 하나

한 티끌 속에 시방세계 포함되고 모든 티끌 속에도 역시 그러하다

(제7~10구)

이 말씀은 결국 하나 속에 여럿이요, 여럿 속에 하나[一中多, 多中一]이며, 하나는 곧 여럿이요, 여럿은 곧 하나[一卽多, 多卽一]라는 뜻이다. 여기서 가령 '一'은 개체個體요, '多'는 전체全體라고 한다면, 이 一과 多, 多와 一은 유기체론적인 시각에서도 접근할 수 있을 것이다. 또한 이는 구조주의, 기능주의와도 맥락을 잇댈 수 있을 것이다. 개체와 전체는 서로 침해하지 말고 유기체처럼 상즉해 있어야 한다. 다시 말하면 하나[一]가 소홀히 된 여럿[多]은 기계화할 우려가 있으며, 여럿이 소홀히 된 하나는 우상화할 우려가 있다.

다시 여기서 一은 전체요 多는 개체라고 뒤집어 말한다면 一에 치우치면 전체주의를 가져올 것이요 多에 치우치면 다원주의를 가져올 것이다. 이렇게 되어도 바람직하지 않다. 우리는 구슬이 없는 끈을 제대로 갖춰졌다[具足]고 할 수 없을뿐더러 끈에 꿰어지지 않은 구슬들도 제 모습이 갖춰졌다고 할 수 없다. 다성多性을 존중하면서도 일성一性으로 지향함은 구슬들을 한 끈으로 꿰어 보배스럽게 함이며, 일성을 존중하면서도 다성을 지향함은 한 끈으로 구슬들을 길잡이하여 조화롭게 함이다.

이제 여기서 一과 多, 多와 一을 종합해서 말해야 할 차례이다.

> 하나를 얻으면 결정코 열을 얻고, 열을 얻으면 결정코 하나
> 를 얻는다. 인因을 얻으면 곧 과果를 얻고, 과를 얻으면 곧
> 인을 얻는다. 십연十緣은 인이요, 이루어진 인은 과이다. 이
> 인과 과는 일시중一時中에 있지만 이 둘은 부동이다. 그래서
> 인과도리문因果道理門이라 한다. 이것이 곧 그것이요 그것이
> 곧 이것이므로 서로 장애가 되지 않을 뿐만 아니라 치우치
> 지도 않는다. 그래서 덕용자재문德用自在門이라 한다.

(진기眞記, 법계도法界圖)

이렇게 되면, 一과 多, 多와 一은 따로 대척적對蹠的으로 있
는 것이 아니라, 함께 상대적으로 연기적으로 있게 되어 一卽
多, 多卽一의 상즉 관계가 된다. 이와 같이 볼 때, '一' 하나
만 해도 그것은 곧 '多' 이기도 하며 개체이면서 전체이고
'多' 하나만 해도 그것은 곧 '一' 이기도 하며 전체이면서 개체
이다. 이들은 서로 자리를 바꾸어 놓아도 걸림이 없으며 다름
이 없다. 중생이 상相으로 가지고 있는 육근六根의 관계도, 이
같이 따로 별렀다가 모아 별러 볼 수 있으며, 종합해 볼 수 있

을 것이다.

이를테면 안근眼根은 색色을 보는 것이 전문 기능이다. 그러나 이 기능은 다른 오근五根과 무관하지 않다. 즉 눈이 봄으로써 귀는 온전히 들을 수 있는 상호 의존적인 관계인 것이다. 이근耳根도 마찬가지이다. 귀는 듣는 것이 전문 기능이지만, 다른 오근과 긴밀한 관계가 있다. 눈의 봄이나 귀의 들음이 그들만의 고유 기능이 아니라는 것이다. 이들은 다른 오근과 연계됨으로써, 봄이 봄답고 들음이 들음다울 뿐만 아니라 육근 전체의 기능이 온전해진다. 따라서 이들은 공동 운명체인 것이다. 눈이 듣는 기능까지 한다든지 귀가 보는 기능까지 한다는 것이 아니라, 각자가 각자의 기능을 발휘하면서 다른 기능을 보완하고 생사를 같이하게 된다는 것이다. 안근만 있고 다른 오근이 없다면 어찌 그 안근인들 볼 수 있을 것이며, 이근만 있고 다른 오근이 없다면 어찌 그 이근인들 들을 수 있겠는가. 다른 근根 모두 마찬가지다. 하나의 근이 부분 기능을 발휘하면서 전체 기능과 직결되고, 육근이 전체 기능으로서 통일, 조화되면서 하나의 근이 확립될 때, 중생은 '一卽多 多卽一'의 인유人有를 갖춰 온전하게 법계를 오갈 수 있는 것이다.

지금 여기에 정토를

불국토로 가는 길

사리불아, 너는 미래세에 그 끝과 수를 헤아릴 수 없을 만큼 오랜 겁을 지나서 천만억 부처님께 공양을 하고 부처님의 정법을 받으리라. 그리하여 보살의 행하는 바 도를 다 갖추어서 마땅히 성불함을 얻으리니 호는 화광여래^{華光如來}, 응공정변지^{應供正偏知}, 명행족^{明行足}, 선서^{善逝}, 세간해^{世間解}, 무상사^{無上士}, 조어대부^{調御大夫}, 천인사^{天人師}, 불세존^{佛世尊}이라 하리라. 국토의 이름은 이구^{離垢}라 하리니, 그 국토는 평정하고 청정하며 장엄하게 꾸며져 평화롭고 풍요해서 천^天, 인^人들로 가득하리라. 땅은 유리로 이루어지고 팔교도^{八交道}가 있어 황금으로 선을 그어 그 경계를 표시하며 그 길가에는 각각 칠보의 가로수가 있어서 항상 아름다운 꽃과 좋은 과일이 열리느니라. 또한 화광여래가 삼승법三乘法으로 중생을 교화하니 그것은 그때가 악세惡世인 때문이 아니라 그 여래의 본원本願이 그러하기 때문이니라. 그 겁劫을 대보장엄大寶莊嚴이라 하리니 그 국토는 보살로써 대보大寶를 삼기 때문이니라. 그 모든 보살은 한량없이 많고 많아서 산수算數 비유로써도 능히 헤아릴 수 없으리니, 오직 부처님의 지력智力이 아니면 능히 알 수 없느니라.

(『법화경』「비유품」)

이상은 부처님의 49년간의 설법 가운데 마지막 8년 동안 설하신 『법화경』「비유품」에서 사리불존자에게 미래세에 성불할 것이라는 수기受記를 주시고, 그 불호佛號와 국토 장엄에 대해서 말씀하신 것이다. 성불과 불국토 건설은 불교의 이대二大 목적으로 성불을 하면 그 부처님이 주住하실 불국토가 반드시 따르게 마련이다. 석가모니불은 사바국토, 아미타불은 극락국토, 아촉불은 아촉불 국토가 있다. 『법화경』에는 사리불을 위시해서 가섭, 수보리, 가전연, 목건련, 부루나 등 제자와 교진여 등 천이백 대중과 우루빈나가섭 등 오백 제자와 아난, 라후라 등 유학무학有學無學 이천인과 악인 제바달다, 용녀龍女, 마하파사파

제 비구니와 야수다라 비구니 등에게 성불의 수기를 주시면서 각각 그에 따른 국토 장엄을 말씀하셨다.

무수한 겁을 지내오면서 서로 스승이 되고 제자가 되며 친구가 되고 부부가 되며, 함께 선행을 닦고 보리도를 행한 인연 공덕으로 성불의 수기를 받고, 또 그에 따른 불국토를 장엄하게 되니, 이 얼마나 경하할 일인가. 성인의 가르침을 받들어 퇴전退轉하지 아니하고 부지런히 정진한 부처님 제자에겐 이러한 장엄국토가 있는가 하면, 우리 범부에게도 제각기 각자의 업력으로 이루어진 나름대로의 국토가 있다. 예컨대 사리불이 대보장엄 국토를 얻음은 그 의지와 신념이 견고하며 질직質直해서 거짓이 없고, 존경과 자비로써 남을 대하는 덕행을 하였기에 그와 같이 많은 천인天人과 보살만이 충만한 국토를 성취하게 된 것이다.

그러면 우리 범부의 국토는 어떠한가. 제각기 지은 인연에 따라 모여서 희로애락하며 살고 있다. 은애가 지중한 부모와 자식 사이지만, 부모가 바라는 만족한 자식 두기가 어렵고, 오히려 부모의 애간장을 태우는 불효가 허다하다. 또한 불화한 부부, 형제, 그리고 친우 간의 불신으로 괴로워하는 사람이 얼마나 많은가. 이것이 우리 범부들이 지은 업의 국토인 것이다.

부처님께서는 이 괴롭고 불편하고 부정한 중생의 국토를 즐겁고 평탄하고 청정한 불국토로 만들어 가는 길을 열어 주셨다. 누구나 그 길을 가기만 하면 제바달다와 같은 악인도 용녀와 같은 여인도 축생도 다 성불할 수 있음을 보여주신 것이다.

성불, 불국토라고 하면 꿈속처럼 요원하게 생각할지 모르나, 이 모두가 우리 생활을 떠나서 따로 있는 것이 아니다. 가정이 곧 도량인 것이다. 가정은 개인의 근거지이며 인류 활동의 본원지이며, 우리의 소국토인 것이다.

이러한 우리 가정에 새바람이 불어오는 내일 한 포기의 꽃, 한 그루의 나무라도 심고 그 정성스런 마음으로 공덕의 산림을 가꾸어 서로 존경하고 사랑하고 믿음이 가득한 국토, 평정하고 청정한 불국토를 건설해 나가도록 하자.

인류의 전환기에 서서

여름 한낮, 이곳저곳에 떠 있던 뭉게구름은 조금 지나 빗방울이 되어 쏟아진다. 그 빗물은 냇물도 되고 폭포수도 된다. 어느덧 드넓은 바다로 흘러가 파도치며 넘실거린다. 시간의 흐름을 따라 구름도 되고 빗방울도 되며 때로는 냇물이나 폭포수, 바닷물 등으로 변하는 물. 그렇다고 해서 위에서 아래로 흐르고 적시는 작용을 하는 물 자체의 본성本性에 변화가 있는 것은 아니다. 그 본성에 있어서는 빗방울과 폭포수와 바닷물이 다르지 않다. 똑같은 물이다. 그러나 물은 빗방울이나 바닷물로 나타나지 않으면 물이 아니다. 시간의 흐름에 따라 비도되고 강도 되며 때로는 폭포나 바다로 되지 않으면 안 되는 물을 '현상現象의 물' 즉 '역사적 물'이라 한다면, 시간의 흐름 속에서도 영원히 변하지 않는 그 본성에 있어서의 물을 '본체本體의 물' 즉 '영원한 물'이라 하자.

본체로서의 부처님은 가고 옴이 없다고 했다. 그러나 현상으로서의 부처님, 즉 역사적 부처님은 분명히 2,500여 년 전에 이 세상에 오셨다가 가셨다. 한 시대는 그 시대 나름의 과제가 있게 마련이다. 그러기에 역사적 부처님에게는 그 시대의 역사적 과업이 있었다. 브라만교의 그릇된 가르침에 입각한 계급제도를 타파해야 할 역사적 과제를 누구나 성불하여 '참'을 누리고 구현시킬 수 있다는 영원한 가르침을 열어 보여 주심으로써 해결하셨다.

시대가 지나면 새로운 역사적 과제가 나타나게 마련이다. 마치 현상으로서의 물이 하늘, 골짜기, 평야, 바다 등 시간의 흐름 속에서 그 처한 상황에 따라 가야 할 길이 다르듯이, 상황에 따라 각기 다른 일들을 떠나서 물 자체가 따로 있을 수 없듯이, 부처님의 영원한 진리도 이 역사적 과제를 해결하는 일을 떠나 따로 있는 것이 아니다. 시대가 지남에 따라 끊임없이 새롭게 나타나는 이 과제들을 해결해 나가는 가운데 부처님의 영원한 진리가 구현된다.

오늘날 인류는 역사적 전환기에 처해 있다. 인류의 존망과 관련된 매우 심각하고 절박한 결정적 전환기에 살고 있는 것이 현대의 인류이다. 가공할 살인 무기의 발달은 더 이상의 큰 전쟁을 허용할 수 없게 한다. 한번 전쟁이 터지면 승자도 패자도 없고 인류의 공동 멸망만이 있을 뿐이다. 그러면서도 세계 도처에 큰 전쟁의 위험 요소가 도사리고 있는 것이 우리의 현실이다.

이러한 전쟁으로 인한 핵폭발 위험 못지않은 것으로 인구 폭발의 위협이 있다. 지구에 수용될 수 있는 정원은 70억이 채 못 된다고 한다. 그러나 현재의 인구 증가 추세로 가면 2천 년이 다 못되어 지구가 인구 포화 상태를 맞아 인류는 삶의 공간을 더 이상 확보할 수 없게 된다는 것이다. 이에 따라 인위적인 여러 해결 방안이 제안되고 있으나, 그 방안들에는 생명 경시 등을 위시한 많은 윤리적 문제를 내포하고 있다.

또한 산업화의 과정 속에서 나타난 각종 공해 문제는 인류 삶의 터전 자체를 위협하고 있다. 수질오염, 토양오염, 대기오염 등 실로 숨 막히는 용어들이 우리 삶을 목 조르고 있다. 또한 이러한 것들과는 다른 차원에서 현대 문명의 가치 자체를 의심케 하는 비인간화 문제가 있다. 물질과 조직에 의하여 인간이 조정되면서 인간은 한갓 꼭두각시에 불과하게 되었다. 풍요도 절실하고 근대화도 이뤄야 하며 사회 개혁도 요청된다. 그러나 인간 자체가 그것들에 의하여 비인간화 됨으로써 인간이 인간답지 못하게 된다고 하면, 그것들이 우리에게 무슨 의미와 가치를 가지는 것일까?

앞에서 본 전쟁, 인구, 공해, 비인간화 등의 크나큰 과제를 안고 있는 현대, 현대는 불가피하게 우리에게 전환을 요구하고 있다. 현대의 불자들은 자각에 바탕을 둔 동체대비同體大悲를 근본정신으로 하는 삶의 원리 속에서 역사적 전환의 방향을 올바르게 제시해야 한다. 그것은 바로 부처님의 영원한 진리를 오늘의 역사 속에서 구현시키는 길이다. 이 일들을 떠나서 부처님의 영원한 진리가 따로 있지 않음을 불교인들은 깊이 인식해야 할 것이다.

인행因行의 현대적 조명

불교의 입장에서 볼 때 모든 현상은 그 어느 것 하나도 결코 우연한 것이 아니다. 그렇게 되지 않으면 안 될 필연적인 원인이 반드시 있게 마련이다. 따라서 사람이 인격을 완성해가고 이상 사회를 건설해가는 것도 불교에서는 인과의 원리로 설명한다. 오늘의 인간 됨됨이는 이제까지의 삶의 총체적 결과이다. 한 민족의 사회적, 문화적 현실은 그 민족의 지금까지 삶의 종합적인 결론인 것이다.

불교에서는 완성된 인간을 부처님이라 한다. 부처님이 되는 데는 그만한 노력이 있어야 한다. 다시 말해 부처님이라는 완성인에 이르기까지 그 결과를 일으킬 만한 원인과 실천이 있어야 한다. 이 실천을 성불成佛이라는 결과의 입장에서 볼 때에 인행因行은 성불로 이끌어 가는 실천 행위이다.

인행이란 구체적으로 보살의 생활을 말한다. 모든 부처님은 무수한 세월 동안 보살의 실천을 통해 성불했다고 경전에 기록되어 있다. 본연부本緣部의 경전들은 이러한 인행들의 예화로 가득 차 있다. 불교의 목표가 성불에 있다고 할 때, 불교인은 인행으로써 보살 생활을 하지 않으면 안 된다는 말이다. 다시 말해 자비를 구현하고 지혜를 연마하는 보살의 삶을 영위하지 않는다면 불교도가 아니라고 하겠다. 인행이 없이는 성불의 결과가 있을 수 없다고 했으니 자비와 지혜의 보살행을 통하지 않고는 자아실현도 불가능하고 이상 사회의 건설도 성취되지 못한다고 하겠다. 바꾸어 말하면 개인의 인격적 혁명도 인류 역사의 창조도 자비와 지혜의 인행 없이는 불가능하다.

우주와 인생의 변화 과정은 불교에 의하면 네 단계로 순환한다. 이루어져成 지속되다가住 점차 파괴되고壞 마침내 공허空하게 된다. 네 단계를 사람에게 적용하면 태어나生 늙어가면서老 병들어病 죽는 것死이 될 것이다. 우주 만물은 그 어느 것이나 이 네 단계의 과정을 끊임없이 되풀이한다. 이러한 관점에서 볼 때 한 민족이나 인류 전체의 역사도 형성기와 지속기, 그리고 쇠퇴기와 멸망기를 되풀이한다고 하겠다. 그러나 이러한 숙명적이고 결정적인 과정들을 극복하여 영원하고 무한한 가치를 실현하는 것은 보살들의 인행에 의해서다. 개인은 인행을 통해서 개인적 생로병사를 뛰어넘어 영원하고 무한한 자아실현이 가능해진다. 성주괴공의 네 단계를 면하지 못하는 민족의 흥망성쇠와 세계의 변화 과정은 보살들의 인행에 의해 극복되어져 불국정토의 영원한 이상 세계가 이곳에서 실현된다.

우리 한국 불교도들은 그동안 인행을 경전 속의 이야기로만 알아온 것은 아닐까? 인행을 부처님의 전생 이야기로만 이해할 때 인행은 전설적인 옛이야기로 전락하여 생명력을 잃게 될 것이다. 인행사상을 우리 삶의 에너지로 하는 것이야말로 한국불교가 새로워지고 힘차게 될 수 있는 핵심이라 하겠다. 인행을 삶의 원리와 에너지로 하는 데는 중생의 고뇌와 목소리에 민감하게 반응할 수 있는 감수성이 필요하다. 현재 한국불교는 민중과 역사의 목소리에 너무 둔감하다. 그러므로 그들을 위해 무엇을 어떻게 해야 할지 전혀 관심이 없다. 이러고서야 불교의 사회적 존재 의의가 있다고 할 수 있겠는가? 원효대사가 거리에 나선 뜻이 무엇인가? 한용운선사가 민중 속에 뛰어들어 독립 운동을 한 깊은 뜻이 어디에 있는가? 현재 한국 불교도는 역사와 민족 앞에 무엇을 하고 있는가? 과학 문명의 진보와 더불어 새롭게 나타나는 인류의 고뇌에 대처하여 불교가 무엇을 하고 있는가? 이 시대야말로 그 어느 때보다 인행의 의미를 다시 한 번 삶 속에서 새롭게 활성화시켜야 할 때가 아닌가!

부처님께서 여기에 오신다면

부처님께서 이 세상에 오시는 까닭은 무엇인가. 『법화경』의 말씀에 의하면 부처님은 모든 중생에게 진리를 열어 보여 주시고 깨달아 누리도록 하기 위하여 이 세상에 오신다고 하셨다.

물론 그 근본 바탕에 있어서는 오고 가심이 없다. 이 우주 전체가 진리의 표현이니 굳이 따로 진리를 말씀하실 필요가 있겠는가. 깨달음의 귀를 가진 자는 여울물 소리에서도 우렁찬 진리의 외침을 들을 것이요, 밝은 눈을 가진 사람은 산천 초목에서도 진리의 참모습을 볼 것이다.

그러나 그 근본 바탕을 보고 듣지 못하고 단지 나타난 모습의 세계에만 집착하는 범부 중생에게는 참을 보고 들을 수 있도록 눈이 뜨여지고 귀가 뚫리도록 하기 위한 자극과 일깨움이 필요하다. 그러한 깨우침이 없을 때 우리는 영원히 참을 모르게 되어 전도된 가치관 속에서 온갖 잘못과 갈등 및 고뇌에 가득 찬 생활을 할 것이다. 여기에 부처님이 오시는 의의가 분명하면서도 또한 화신化身이신 부처님께서는 진리의 그 근본 자리에서 볼 때 오셨어도 오신 것이 아니요, 가셨어도 가신 것이 아니라는 말씀의 의미를 조금이나마 짐작할 수 있을 것이다.

오늘날 우리는 민족적으로나 인류 전체의 차원에 있어서나 많은 대립과 갈등이 있다. 극단적 이기주의와 전체주의의 대립이 있는가 하면 물질만능주의와 정신지상주의의 충돌이 있다. 세간주의와 출세간주의의 갈등이 있는가 하면 극단적 급진주의와 지나친 보수주의의 대결도 있다. 이 모든 것은 올바른 견해가 아니다. 바른 견해는 중심을 잃지 않아 조화와 균형을 이루는 견해이다. 그것은 중정中正의 견해이다. 극단에 치우친 주장이나 그에 바탕한 생활은 모두가 잘못된 것이다.

부처님께서 만약에 여기에 오셔서 무지몽매한 우리에게 깨우침을 주신다면 이미 2,500여 년 전의 가르침대로 극단에 치우친 견해를 타파하고 중정의 눈을 갖도록 일깨우실 것이다.

이기주의에 사로잡혀 남의 고통과 슬픔을 아랑곳 않는 자에게는 '나는 사회 속의 나'임을 말씀해주실 것이며 전체주의자에게는 그 어떤 명목으로도 전체의 구성원인 개개인의 존엄성과 존재 가치를 소홀히 해서는 안 된다고 강조하실 것이다.

물질주의자에게는 인간은 본질적으로 영원한 무한을 지향하는 정신적 존재임을 일깨우실 것이며 정신지상주의자에게는 물질을 전혀 도외시한 공허한 극단적 관념주의에 치우치는 것을 경계하도록 하실 것이다. 세간주의자에게는 찰나적인 세간의 허망함을 깨우쳐 영원과 무한을 추구하도록 하실 것이요 출세간을 고집하는 자에게는 세간이야말로 출세간의 출발점이며 동시에 출세간의 정신이 구현되는 실제의 무대임을 말씀하실 것이다. 급진주의자에게는 순리와 질서를 도외시한 조급성을 지적하실 것이며 지나친 보수주의자에게는 역사의 발전에 대한 투철한 안목을 가지도록 일깨우실 것이다. 그리하여 지나친 보수를 지양하고 발전 속에서 불변의 영원을 찾고 불변의 영원성이 전진의 변화 속에서 구현됨을 통찰토록 하실 것이다.

이러한 부처님의 사상을 올바로 밝혀 펼쳐 보이면서 그 사상을 삶 속에서 구현하고자 끈질긴 정진을 일평생 견지해 오신 뇌허 김동화 박사님이 지난 1980년 4월 5일 입적하신 것을 우리는 못내 안타깝게 생각하지 않을 수 없다. 세수를 78년 누리셨으니 가실 때가 되었다고도 할 수 있겠으나 그 어느 때보다도 부처님 사상의 바른 해명이 요청되며, 부처님 사상을 전인격으로 표현해 보이는 인도자가 절실한 이 시기이기에 박사님의 열반이 우리에게는 아쉽고 허전한 것이다.

그러나 생사를 초월한 부처님도 육체를 가진 인간으로서의 생애는 종말이 있었거늘 하물며 그 이외의 인간이랴! 오히려 우리는 부처님께서 오셨던 날이 단지 부처님께서 역사적으로 오셨던 날만이 아니기를 합장하고 기원해야 할 것이다.

부처님께서 항상 우리 자신과 이 민족 내지 인류 전체에게 끊임없이 오시도록 해야 할 것이다. 그리하여 부처님의 말씀이 우리 자신에 의해 전해지고 이 사회에서 구현되도록 해야 한다.

사찰의 기능과 역할

사원은 원래 승려들이 거처하면서 수도하고 설법하기 위한 장소이다. 이 점은 불교사에 있어서 최초의 절인 죽림정사나 부처님께서 오래 계셨던 기원정사에 의해서도 분명하다.

부처님께서 이 세상에 계실 때에는 승려들이나 일반 신자들은 직접 부처님을 뵙고 예배할 수 있었다. 그러나 부처님께서 입멸하시자 부처님에 대한 예배는 부처님의 사리를 모신 탑에 대한 예배로 바뀌고 나중에는 부처님의 형상을 그리거나 만든 불상에 예배하게 되었다.

따라서 사원의 기능은 예배하는 신앙처인 동시에 수도와 전법을 하는 곳이다. 뿐만 아니라 사원은 일반 사회의 인심을 순화시키고 삶의 방향을 깨우치는 사회적 교육기관으로서의 기능도 가지고 있다. 이 점은 사원이 가지는 사회적 기관으로서의 존재 의의이기도 하다.

사원의 기능을 위와 같은 네 가지로 집약할 수 있다고 할 때 이 네 가지 기능을 원만하게 수행하지 못하는 사원은 진정한 의미의 사원이라고 할 수 없을 것이다.

그런데 오늘날 우리 불교계의 현실은 사원이 제 기능을 올바로 수행하지 못하고 있다는 데에 문제가 있다. 대개의 경우 예배하는 장소에 그치고 있는 것이 우리의 현실처럼 보인다.

불교인의 생활은 신앙에만 그쳐서는 아니 되며 그 믿음을 올바로 이해하기 위한 노력과 그 믿음과 이해를 통해 진리를 체험적으로 확증해야 되는 것이다. 즉 불교 생활은 신해행증 信解行證의 생활이어야 한다. 이러한 생활은 자기 혼자만이 아니라 다른 모든 사람을 이끄는 것이어야 한다. 불교인이 신해행증의 생활을 스스로도 추구하고 또 다른 사람에게도 그러한 신해행증의 생활을 이끌어 가는 공간적 중심을 사원의 기능이라는 점에서 말할 때에는 앞서 말한 네 가지 기능으로 요약된다.

오늘날 우리 불교계는 한국불교 중흥이라는 막중한 사명을 짊어지고 있다. 이러한 사명 완수를 위해서는 여러 가지 노력이 필요하다. 그중에서도 사원이 사원의 기능을 다하는 것이 가장 핵심적이라고 하겠다. 다시 말해서 사원이 그 기능을 제대로 하느냐 못하느냐 하는 것은 불교의 흥망이 달린 문제라 할 수 있다.

만약 승려들이 사원에서 성스럽고도 경건한 신앙생활을 하고 사회의 일반 대중에게 바른 신앙으로 인도하는 역할을 다하지 못한다면 불교의 기반이 상실된다. 또 신앙을 올바로 이해하기 위한 교리 연구를 하고 그 연구의 기회를 일반인에게 개방하고 아울러 바르게 이해시키기 위한 설법의 모임을 자주 마련해야 할 것이다. 스스로 수행에 정진할 뿐만 아니라 물질 만능의 사조로 정신적 황폐가 심각해지는 현대 산업사회의 인간들에게 수행의 기회와 공간을 자주 제공하여 정신적 가치를 체험할 수 있게 해야 할 것이다. 사회인들이 정서를 순화시킬 수 있는 분위기를 자아낼 수 있는 시설과 환경을 조성하여 빈부귀천이나 남녀노소를 가리지 않고 개방시켜야 할 것이다. 이렇게 될 때 사원은 그 본래적인 네 가지 기능을 바람직하게 수행할 수 있을 것이다.

오늘날 많은 사원의 경우 예배의 신앙처에 그치고 있으며 스스로의 교리 연구와 수행의 노력도 철저하지 못하고 또 일반인에게 그것을 적극적으로 계도하지 못하고 있다. 사원의 사회 교육적 기능은 문화재의 관람에 주로 한정되는 듯하다. 한국불교 중흥을 위해서는 승려 자신이 사원의 기능을 올바로 인식하고 그 기능을 제대로 수행할 수 있도록 하는 일이야말로 중요한 일이다.

청정과 화합

교조와 교리 및 교단은 고등 종교가 갖추어야 할 세 가지 요소라고 하겠다. 이 세 가지 요소의 뚜렷한 의미와 상관관계가 체계 있게 갖춰지지 못할 때 그것은 오늘날 고등 종교로서의 요건을 충분히 갖추지 못한 것으로 종교 학자들은 말한다.

　교조와 교리 및 교단이 현대 고등 종교의 삼대 요소라고 하는 것은 이 세 가지가 단지 현대 고등 종교의 형식적인 구비 조건이라는 것만을 뜻하는 것이 아니다. 어느 종교에서 그 종교의 교조를 어떠한 존재로 보고 있으며 그리고 그 교조의 가르침이 어떤 이론 체계를 가지고 있으며 그 교조를 신봉하고 그 가르침을 따라 신앙생활을 하는 교단이 어떤 정신을 바탕으로 하여 형성되어 있고, 또 그 교단 자체가 교단의 사명과 역할을 무엇으로 인식하고 있느냐 하는 것 등은 바로 그 종교의 성격과 존재 의의를 결정짓는 것이다. 따라서 이 삼대 요소는 어느 종교에서나 가장 귀하고 중한 것으로 생각한다. 불교에서 이 삼대 요소를 '세 가지 보배' 즉 삼보라고 하여 귀중하게 여기는 까닭을 여기에서 이해할 수 있다.

불교에서는 교조이신 석가모니부처님을 우리 인간과는 본질적으로 다른 절대자로 보지 않는다. 본질적으로 우리와 똑같으나 우리보다 먼저 진리를 깨달아 인격을 완성한 선현先賢으로 본다. 그리고 부처님의 가르침인 교리는 깨달음을 통해 인격을 완성하고 정의롭고 행복에 가득 찬 이상 세계를 건설하는 것에 그 핵심을 이루고 있다. 또한 교단은 청정과 화합을 바탕으로 형성되며 부처님의 가르침을 실천하고 널리 펴는 것을 그 사명과 역할로 한다. 불교의 이러한 점들은 다음과 같은 부처님의 최후 설법에서 함축성 있게 표현된다.

"너희는 저마다 자기 자신을 등불로 삼고 자기를 의지하라. 진리를 등불로 삼고 의지하라. 이 밖에 다른 것에 의지하지 말라. 그리고 너희는 내 가르침을 중심으로 서로 화합하고 공경하며 다투지 말라. 물과 젖처럼 화합할 것이요, 물 위에 기름처럼 겉돌지 말라. 함께 내 교법을 지키고 함께 배우며 함께 수행하고 부지런히 힘써 도道의 기쁨을 함께 누려라. 나는 몸소 진리를 깨닫고 너희를 위해 진리를 말하였다. 너희는 이 진리를 지켜 무슨 일에나 진리대로 행동하라. 이 가르침대로 행동한다면 설사 내게서 멀리 떨어져 있더라도 너희는 항상 내 곁에 있는 것과 다름이 없다. …… 모든 것은 덧없다. 게으르지 말고 부지런히 정진하라.”

그런데 오늘날 우리 불교계에는 이상한 풍조가 일고 있다. 불법은 세속을 뛰어넘으며 세속의 모든 법을 이끌어 가는 법인데, 불교인이 불교 교단의 문제를 스스로 세속 법에 호소하여 해결하려 하고 있다. 이는 결국 청정과 화합을 바탕으로 부지런히 힘쓰라는 불교 교단 정신에 어긋나는 작태이며 자기 자신과 진리에만 의지하고 다른 것에는 의지하지 말라는 부처님의 마지막 당부를 외면한 처사라고 하겠다. 그리고 한국불교의 전통인 통불교적 화합 정신이 흔들리고 있음을 보여 주는 것이기도 하다.

그러나 겉으로 알려진 것과는 달리 한국 불교계 내부에는 이 교단 정신이 여전히 살아 있는 것을 볼 수 있다. 사찰의 깊은 수도처에서 해제 기간임에도 불구하고 더욱 가행정진을 계

속하는가 하면 신도의 시주에 의존하지 않고 선농일치^{禪農一致}
의 생활 속에서 자급자족하는 스님들이 있다.

　민족적으로나 우리 불교계 자체에 있어서나 일종의 위기의
식을 느끼면서도 한편으로는 한국불교를 올바르게 이끌어 나
갈 정신적 빛이 묵묵히 청정과 화합 정신으로 수도에 매진하
고 있는 데서 볼 수 있다.

원願과 행行이 있는 삶

오늘날 모든 것은 화폐로 환산되어 평가되고 있다. 심지어 사람의 가치마저도 그의 재산이나 평균수입을 기준으로 평가하는 풍조마저 있다. 과연 돈이 신神의 자리에 올라앉은 듯한 시대이다. 조용히 생각해보면 돈만 쫓아다니는 현대인의 생활은 무엇인지 주객이 뒤바뀐 삶이다. 돈이 중요하지 않은 것은 아니지만 인간 자체가 돈의 노예가 될 수는 없기 때문이다.

우리는 '무엇' 때문에 살고 있을까. 이 문제는 쉽고도 어려운 문제이다. 쉽다는 것은 우리의 삶 자체가 그 무엇 때문에 살아가고 있다는 점에서 이미 그 대답을 하고 있기 때문이다. 그러나 어렵다는 것은 우리가 그 무엇 때문에 살고 있으면서도 그 무엇을 깊이 생각해보는 일이 별로 없다는 점에서이다. 우리는 대부분 일상적인 타성에 사로잡혀 무심하게 하루하루를 보낸다. 그저 먹고 이야기하고 잠자면서 매일매일 비슷한 생활 속에 자신을 파묻어 버린 듯하다. 기껏 부지런하게 힘쓴다 해도 대부분 돈을 쫓아 헤매는 생활일 따름이다. 그러나 고요히 생각해보면 '나' 자신은 무엇을 하는 존재이며 또 '나'는 무엇인가 하는 자문에 부딪쳐 지금까지 해온 의미 없는 생활에 소스라쳐 놀라게 된다.

지금이라도 늦지 않았으니 '나' 자신을 실현하는 생활을 하자. 돈만 쫓는 생활에서 한 발짝 내딛자. 일상적인 타성에 파묻혀 어제나 오늘이나 다름없이 자신을 잊고 살아오던 삶을 전환시키자. 이러한 전환을 위해서는 하나의 큰 소망이 뚜렷하게 세워져야 한다. 그 소망이 크면 클수록 삶의 전환도 그만큼 클 것이다. 태양은 높은 산정을 먼저 비춘다고 하였다. 원顯의 봉우리가 높으면 높을수록 삶에 있어서 새로운 광명이 더욱 선명하게 나타날 것이다.

아미타불은 48원을 성취했고 아촉불은 20원을 이루었으며, 문수보살에게는 18원이 있고, 약사여래에게는 12원이 있다. 원은 사람에 따라 각각 다를 수 있지만 사람들의 공통적인 소망은 자신의 행복과 세계의 조화이다. 그러기에 대승불교인이라면 누구나 모든 중생을 구제하며 자신의 번뇌를 끊고 진리를 배워 실현코자 하는 사홍서원四弘誓願을 기본적으로 가지고 있다. 이러한 기본적이고 공통적인 소망을 총원總願이라 하고 이 총원을 바탕으로 한 개별적인 소망을 별원別願이라 한다.

현대의 인류는 극단적인 개인주의 속에서 이기주의적인 작은 소망의 노예가 되어 있다. 그 소망은 이상적인 소망이라기보다는 탐욕에 물든 이기적 욕구에 불과한 것이다. 인류 전체가 나와 더불어 하나인 경지에서 나타나는 서원이 아니다. 다시 말해 총원에 바탕을 둔 별원이 아니라 총원을 져버린 왜곡된 별원이다. 돈이나 힘 또는 생리적 충동의 욕구만을 쫓는 탐욕이다. 그리하여 이기적 탐욕의 구속에서 벗어날 날이 없는 것이다.

원이 없는 삶은 방향 없는 생활이다. 목표 없이 세상에 따라 또는 충동에 따라 표류하는 인생이다. 그러므로 그러한 사람의 행동은 단지 동물적인 반응에 불과한 것이다. 그러나 원이 있다 해도 행行이 없으면 그 원은 죽은 것과 같다. 왜냐하면 원은 실천을 통해서 달성하려는 목표이기 때문이다. 행이 없는 원은 달성하려 하지 않는 목표일 뿐이다.

자기완성과 중생 구제의 원이 없다면, 불교인이 되려는 뜻이 없는 것과 같다. 원을 세우면서도 그 행이 없다는 것은 여행의 목적지를 정해놓고도 그 여행을 떠나지 않는 것과 같다. 황금만능과 이기적 탐욕 속에서 자신을 잃어 가고 있는 현대, 그러한 사람들에 의해 각종 범죄와 대립, 독선이 난무하는 현대, 이러한 현대에서 살아가는 우리는 자기 구원과 인류 구원의 큰 원을 가져야 한다. 그리고 그 원의 성취를 위해 노력해야 한다. 그러한 과정 속에서만 나도 남도 함께 구원되는 이상 사회가 이룩될 것이다.

불교와 사회

사회는 인간관계 속에서 이루어진다. 이 관계는 일정한 형식을 가지고 있다. 일정한 형식을 통해 이루어지는 인간관계를 다른 말로 표현하면 문화라고 할 수 있다. 문화란 다름 아닌 인간 삶의 방식이다. 다시 말해 사회는 그 구성원 사이의 공통된 생활 방식으로서의 인간관계 속에서 형성되는 것이다. 따라서 사회는 단순한 집단과는 달리 그 사회 공통의 문화를 가지고 있다. 가정이라는 기초사회는 그 가족끼리의 일정한 인간관계가 있고, 정당은 정당 나름의 독특한 인간관계가 있다.

교단은 하나의 사회이다. 우리 불교 교단이라는 사회는 화합을 인간관계의 본질로 한다. 그러므로 화합이 깨진다면 교단일 수가 없다 하겠다. 그러나 불교인의 통속적인 관념에 의하면 사회는 속세를 뜻하기도 한다. 흔히 이기적 욕망이 인간관계를 지배하는 세간의 인간 집단을 가리킨다. 따라서 사회는 불교가 구원해야 할 대상이 되기도 한다. 욕망의 구름에 덮여 정신적 빛을 상실당한 인간관계를 지혜와 자비로 충만한 인간관계로 회복시킴으로써 정화하고자 하는 대상으로 삼는다.

『화엄경』에 의하면 이 세상의 모든 사물은 서로 독특하고도 대립적인 관계에 있으면서 또한 서로 의존하고 협동하여 전체를 구성한다고 한다. 이러한 관계 원리는 사회에도 그대로 적용된다. 그러나 이러한 원리를 모르고 이기적 독선만 고집하는 가운데 사회는 아수라장이 되어 간다는 것이다. 이러한 아수라장을 정화하여 지혜와 자비로 질서와 조화가 이뤄지는 세계를 건설하려는 사람을 보살이라 한다.

보살은 이기적 탐욕에 의하여 고무되고 혼탁해지며 나아가 갈등과 투쟁 속에서 전개되는 그릇된 역사를 바로잡고 자유와 평등 속에서 지혜와 자비로 협동하여 조화의 아름다움을 실현해 가는, 역사를 가꾸어 가는 사람이라 하겠다. 이러한 밝음과 따뜻함이 있는 아름다운 사회를 불교에서는 정토 또는 불국토라 한다.

석가모니부처님은 어찌하여 이 사회를 버리고 출가하셨는가. 그리고 또 무슨 이유에서 그 버렸던 사회에 다시 내려오셨는가. 이러한 문제는 불교의 본질적인 문제라 하겠다. 불교는 안일과 타락으로 병들어 있는 이 사회를 거부해야 하지만 거부해야 하는 이 사회야말로 불교가 끝까지 관심을 가지고 바르게 가꾸어야 할 불교의 활동 대상이요 무대임을 부처님의 생애가 보여 주고 있다.

『유마경』을 보면 중생이 병들어 있으므로 보살도 병을 앓는다고 한다. 사회가 병들어 고통 받고 있으니 불교인도 또한 그 사회의 질병과 고통을 자신의 질병과 고통으로 체험하는 것이다. 사회가 혼란과 가치관의 전도로 소용돌이칠 때 불교만 소극적으로 고고하게 초연할 수 없다. 고고하고 초연한 빛을 적극적으로 사회에 비춰 올바르게 인도해야 할 책임이 있다. 그러한 책임을 자각하고 불교 본분의 역할을 다하자면 무엇보다도 앞서야 할 것이 불교인 자신들의 철저한 수행이다. 이것이 결여된 사회 활동은 단순한 사회운동은 될 수 있어도 참다운 불교 활동은 될 수 없다.

그러나 스스로 완성하지 못하고 남을 완성시킬 수 없다고 하여 사회적인 정화 활동에서 손을 끊는 것은 잘못된 생각이다. 원래 대승불교의 깨달음은 사회적 정화 활동을 통해서 완성되는 것이기 때문이다. 이 사회의 복지가 완성되지 않고는 성불할 수 없는 것이 대승불교의 근본 사상이다. 그 복지는 단순한 물질적 풍요와 건강만이 아니다. 불교가 추구하는 복지는 자각에 바탕을 둔 복지이다.

갈등을 넘어 조화로

인간은 누구나 갈등하는 현실 속에 살면서도 끊임없이 조화를 동경한다. 이것저것이 서로 모순되고 어긋나는 것이 갈등이라 한다면, 조화는 서로 잘 어울려 모순과 갈등 없이 균형의 아름다움을 이룬 것이다. 우리가 사노라면 현실과 이상의 괴리 속에서 방황하고 고뇌하는 경우가 많다. 여기에서 마음은 초조해지고 불안하며 괴로워진다. 이럴 수도 없고 저럴 수도 없는 심리적 갈등 속에서 번민에 휩싸이게 된다.

인간은 사회적 동물이다. 그러나 인간은 개미나 벌처럼 완전히 사회적인 동물은 아니다. 사회 속에 자기 자신의 개성이 매몰되는 것을 허락하지 않는 고립적 동물이기도 하다. 고독을 두려워하면서도 독자성을 확보하고자 하는 모순된 존재가 인간이다. 따라서 인간은 사회성과 독자성의 갈등을 피할 수 없는 숙명을 가지고 태어났는지도 모른다.

사회적 갈등과 집단 내부의 갈등은 모두 이와 같은 인간의 본질적 속성에 기인하는 것이라고도 할 수 있다. 갈등하는 현실 속에 살면서도 조화의 이상을 실현코자 하는 그 자체가 하나의 또 다른 갈등이기도 하다.

갈등의 해소는 하나의 꿈인가, 조화의 이상은 도달할 수 없는 신기루인가, 아니면 인간의 부질없는 염원에 불과한 것인가. 한탄한다고 문제가 해결되는 것은 아니다. 이러한 탄식은 나약한 자의 자조가 아니면 슬픔을 조소하는 감상적 미화에 불과할 것이다. 진정 갈등을 초극하여 조화의 아름다움을 향유하기 위해서는 갈등의 정체가 무엇인지를 알아야 할 것이다.

현실과 이상은 서로 다른 두 세계인 것인가. 마음은 항상 모순과 대립의 작용이기만 한 것인가. 인간은 같이 더불어 살아야 하면서도 항상 독자적인 삶을 추구해야 하는 존재인가. 나와 너는 서로 손잡아야 하면서도 서로 이해관계가 다른 이원적인 것인가.

부처님의 말씀에 의하면 모든 것을 이와 같이 이원적으로 구분하여 생각하는 그 자체에 갈등의 소지가 내포되어 있다는 것이다. 이원적 사고는 어느 한쪽을 강조하거나 아니면 두 가지를 모두 포기하거나 아니면 두 극단을 적당히 타협시키려는 삶의 태도를 낳게 한다. 어느 한쪽만을 강조할 때 극단주의가 된다. 극단주의는 결국 독선적 편견에 불과하다. 자신의 독선적 편견을 강요할 때 이웃과 사회에 갈등을 야기한다. 두 가지 면을 모두 포기하면 자신의 삶을 주변의 물결에 내맡기게 되는 모습으로 나타난다. 이러한 삶은 될 대로 되라는 식의 무기력한 방향이나 남의 눈치에 약삭빠르게 맞추어가는 것을 능사로 삼는 방향의 두 가지 가운데 하나로 인도된다.

한편 두 극단을 적당히 타협시키려는 삶은 언뜻 보기에는 그럴듯하지만 선악善惡과 정사正邪에 대한 진지한 사고가 부족한 안일한 삶이라고 하겠다. 조화는 단순한 타협이 아니고 모두가 제 위치에서 그 완전성을 발휘하여 하나의 통합된 전체를 구성하는 가운데 나타나는 것이다. 어물쩍한 타협이 조화와 동일시되어서는 안 된다.

불교에서는 갈등으로 현상을 보는 그 자체가 그릇된 판단이라고 본다. 서로 다른 사물의 현상도 그 근본의 바탕에 있어서는 하나이다. 그러므로 조화의 실현은 대립과 갈등의 극복을 통한 종합에서 얻어지는 것이 아니라 대립의 현상 그 자체의 근본적인 통일성을 깨달아서 그 의미를 대립 속에서 구현하는 데에 있다. 여기에서 이원론 자체가 근본적으로 잘못된 사고 방식이라는 불교의 조화관을 발견하게 한다. 우리는 갈등의 현실에 눈감아서는 안 된다. 또한 그 갈등의 실체가 정말 실재하는 것으로 보는 것도 잘못된 것임을 알아야 할 것이다. 갈등하는 현상 속에서 현상의 갈등을 넘어선 영원하고도 보편적인 통일의 조화를 깨달아 그 조화의 가치와 의미로 갈등의 현상을 바꾸어 다르게 만들려는 노력이 있어야 할 것이다.

불교의 세계관

불교에서 세계라고 할 때에는 그 의미하는 바가 대단히 깊고 넓다. 과거, 현재, 미래를 삼세三世라고 하는 데서도 엿볼 수 있듯이 '세世'는 시간적 흐름 속에서 변화하여 달라짐을 뜻한다. 또 '계界'는 방위方位의 구분을 나타내는 말로 공간적인 위치를 가리킬 때 쓰는 말이다. 그런가 하면 욕심 세계로서의 욕계欲界와 형상 세계로서의 색계色界 및 순수한 정신세계로서의 무색계無色界를 말하는 삼계에서 보듯이 계는 서로 그 차원과 종류가 다름을 뜻하는 '구분'의 의미를 지니기도 한다. 이렇게 볼 때 불교에서의 세계는 과거와 현재 그리고 미래에 걸쳐 그것이 구체적인 물질적 공간이든 순수한 정신적 공간이든 그 공간과 또 그 공간에 존재하는 일체의 물질적, 정신적인 것을 가리키는 것이라 하겠다.

따라서 세계는 곧 일체법一切法 또는 제법諸法과 같은 말이다. 이때의 법은 유형, 무형, 그리고 물질적, 정신적 모든 존재를 가리킨다. 그런데 불교에서는 모든 존재를 가리키는 제법이 모두 연緣에 의해 생겨나고 또 연에 의해 사라진다고 한다. 다시 말해서 우리가 통속적으로 생각할 때 공간적 의미로 사용하고 있는 세계 전체와 그 세계 안에 있는 존재 모두가 서로 간의 끊임없는 직접, 간접의 영향으로 생멸변화한다는 것이다. 따라서 세계와 모든 존재의 변화는 바로 나에게 변화를 주는 연이 되며 나의 변화 또한 직접, 간접으로 세계 전체에 변화를 주는 연이 된다. 뿐만 아니라 세계의 모든 존재는 그 자체라고 할 수 있는 것을 지닌 것이 아니기에, 연에 따라서 다른 그 어떤 것으로도 될 수 있다는 것이 불교의 가르침이다.

이런 가르침에 입각해 볼 때 지금의 '나'는 연에 따라 '너'도 될 수 있고 '그것'으로도 될 수 있는 것이다. 따라서 그 근본 바탕의 차원에서는 모두가 나와 하나이다. 즉 동일체이다. 위와 같은 동일체의 체험 속에서 우주 전체는 나와 하나가 되는 것이다. 여기에서 불교의 대아사상大我思想이 나타난다. 세계 전체가 나와 하나가 된 상태이니, 이러한 상태의 나야말로 오척단신五尺短身의 소아小我가 아니라 온 세계가 바로 나로 체험되는 크나큰 나인 것이다. 이러한 대아大我의 경지 속에서 세계 전체에 대해서 무한한 자비를 실천하는 삶이 나타나는 것이다.

인류는 예나 지금이나 끊임없는 대립 속에서 갈등하고 투쟁하면서 살아왔다. 이념과 인종의 차이에 따라 이해관계의 차이에 따라 서로 질시하고 반목하면서 격심한 상쟁相爭을 해온 것이다. 진정한 인류 평화는 평화롭게 서로 사랑하면서 살아가자고 외치고 주장해서만 이루어지는 것이 아니다. 이념과 인종 및 이해관계의 차이를 초월하여 온 인류를 나 자신으로 체험하는 가운데 진실한 인류 평화가 가능할 것이다. 이러한 체험은 우리의 사고방식 자체에 근본적인 변화를 요구한다. 세계 전체를 나와 하나로 보는 눈이 떠져야 한다. 풀 한 포기, 꽃 한 송이, 그리고 동물 생명체 하나하나, 뿐만 아니라 이름 없이 뒹구는 돌멩이 하나하나까지도 나와 같이 소중하게 생각하고, 그러한 생각이 내면화되어 하나의 인격으로 체질화되어야 할 것이다. 이런 상태 속에서만 나 이외의 모든 사람을 나와 하나로 보고 느낄 수 있기 때문이다.

불교에서는 삼계화택三界火宅이라 하여 중생이 살고 있는 모든 세계를 불타고 있는 집과 같다고 비유하고 있다. 각자 탐욕과 분노와 어리석음의 불길에 휩싸여 사고방식이나 태도가 모두 가라앉지 못하고 있다. 그러면서도 자신들이 그러한 상태에 있음을 알지 못한다. 이는 마치 인류가 각자 잘 살아보겠다고 발버둥 치면서도 실제는 인류 전멸의 위험을 가진 전쟁 준비에 광분하고 있는 모습에 비유한다고도 할 수 있을 것이다. 현대 인류는 자연의 모든 사물을 자신의 행복을 위한 도구로 삼아 제멋대로 이용하려 한 결과 끝내는 각종 공해를 일으켜 불행을 당하고 있으면서도 아직 대부분이 그것을 절실하게 깨닫지 못하고 있다.

진정 세계를 평화롭고 아름다우며 밝게 하는 길은 무엇인가. 불교에서는 소아의 구속에서 해탈하여 대아의 삶으로 나아갈 때 진정 세계는 평화롭고 아름다우며 밝게 된다고 가르친다.

우란분재를 맞이하여

우란분재孟蘭盆齋를 맞이하게 되면서 새삼 그 의의를 헤아려 보게 된다. 우란분이란 산스크리트어 Ullambana를 음역한 것으로 구도현救倒懸, 즉 거꾸로 매달린 것을 풀어준다는 의미이다. 우란분재는 『우란분경』에서 비롯된 불교의 효행 의식이다. 목련존자가 지옥에 떨어져 고통 받는 어머니를 구제하기 위하여 부처님의 가르침을 받아 7월 보름 안거 해제일에 출가 수행 대중에게 공양 올려서 그 공덕으로 목련존자의 어머니가 이고득락離苦得樂하게 된 데서 연유한다.

음력 7월 보름은 안거가 끝나는 날이다. 안거란 산스크트어로 Varṣa인 바, 본디 '비' 또는 '장마철'의 뜻이다. 인도에서는 여름 장마철 석 달 동안은 활동하기도 어려울 뿐만 아니라 이때에는 모든 벌레가 번식하는 때인지라 밖에 나다니면 벌레를 밟아서 죽이게 되므로 출가수행자는 정사精舍나 동굴 같은 데서 외출하지 않은 채 수행에만 전념할 것을 권했다.

이 안거가 끝나는 날 자자自恣를 행한다. 자자란 수행자 서로가 안거 동안에 범한 잘못을 지적해달라고 청하고 또한 그 지적을 받아들여서 참회하여 심성心性을 청정하게 하는 의식이다. 이러한 자자는 안거가 끝나는 7월 열나흘이나 보름에 행해진다. 출가수행 대중 전원이 모두 마당에 둘러앉아 한 비구가 일어나 개식 선언을 하고 나면 먼저 장로長老부터 시작하여 신입 비구에 이르기까지 차례로 한 사람씩 일어나서 대중을 향하여 합장한 손을 높이 들면서 지난 안거 동안 무엇인가 잘못한 점이 있었다면 지적해달라고 간청하는 것이다.

부처님도 교단의 일원이므로 자진해서 자자를 행하셨다. 자자의 규칙은 먼저 윗사람부터 시작하게 되어 있으므로 부처님께서 제일 먼저 자자를 행한다. 부처님께서도 합장한 손을 높이 들고 대중을 향하여 자자의 말씀을 외우셨다.

"대덕들이여, 나는 이제 자자를 행하노니 대덕들은 내 행위와 내 언어에서 무엇인가 비난할 만한 것을 보고 듣고 또는 미심쩍은 생각을 지니지 않았는가. 만약 그런 일이 있다면 나를 가엾이 여겨 부디 지적해주오."

이 얼마나 벅찬 감동의 광경인가. 이렇게 부처님부터 시작하여 신입 비구까지 차례로 자자를 행하고 진실한 참회를 통하여 청정대중이 되는 것이다. 이렇듯 뜻 깊은 날이기에 부처님께서는 목련존자가 지옥에서 고통 받는 그의 어머니를 구제할 방법을 묻자, 7월 보름 안거 해제일을 기하여 출가수행 대중에게 널리 공양하라고 일러주셨다.

『우란분경』에 보면 부처님께서 '나의 제자로서 효도를 닦는 사람은 마땅히 생각 생각해 간절히 현생의 부모님과 윗대의 칠세七世 부모님까지 위하는 정성으로 삼보께 공양하고 부모님께서 길러주신 지극한 은혜를 갚으라' 고 부촉하고 계신다.

이제 다시 우란분재를 맞이하면서, 우선 늘 은혜 속에 살면서도 그 은혜를 잊고 사는 우리 자신을 돌아보아야 할 것이다. 부모님의 은혜로 오늘의 자기 자신이 있음을 왜 그리도 까마득히 잊고 사는 것인지. 부모님은 끝까지 자식을 사랑하고 염려하시는 데 비해서 자식은 언제 한 번 참답게 부모를 위해서 죄와 허물을 참회하고 삼보께 공양하며 재계齋戒를 받아 지니고 보시한 적이 있었던가를 자문해 보아야 한다. 우란분재는 돌아가신 선망 부모만 천도하는 의식이 아니라 살아계신 현존 부모의 수복壽福이 증장하도록 축원, 공양하는 의식이기도 한 만큼 자식 된 자라면 그 누구라도 결코 소홀히 지나칠 수 없는 행사이다.

백중의 유래와 의미

해마다 음력 7월 보름은 어김없이 찾아온다. 이에 따라 불교
인은 백중白衆 불교 행사를 빠짐없이 봉행한다. 그러나 그 백
중이 단순한 연례행사가 아니라 불교적인 의미 구현의 계기
가 되기 위해서는 백중 정신의 현대적인 이해가 필요하다고
하겠다. 백중은 부처님 당시에 목련존자가 이미 세상을 떠나
지옥에서 고통 받고 있는 어머니를 구하기 위해 개최한 법회,
즉 우란분盂蘭盆에서 유래한다. 그날인 음력 7월 보름이 되면
오늘날에도 불교인들은 조상의 명복을 빌기 위해 천도薦度법
회를 연다. 그러므로 백중은 불가의 조상 추모일이요, 효도
법회날이기도 하다.

우리 민족은 오랜 불교의 전통에 순화되어 왔고, 또 효도 관념도 남달리 강하다. 그런 문화적 배경에서 백중은 우리 민족의 풍속에 있어 오랫동안 중요한 명절로 전승되어 왔다. 기록에 의하면 일제강점기 초까지만 해도 백중은 불교인만의 날이 아니라 우리 민족 전체를 위한 날이었다. 그러나 오늘날에는 불교인만의 조촐한 날이 되어버린 듯한 것을 보면 여러 가지를 느끼게 한다. 이것은 불교가 우리 민족의 생활과 그만큼 멀어져 가고 있다는 생각을 하게 한다. 또한 오늘날 우리 사회 자체가 자기 한 몸의 현실적 이익 추구에만 열중하고 있는 각박한 사회임을 나타내는 것이기도 하다. 뿐만 아니라 현대의 산업사회 자체가 돌아가신 조상의 명복이나 살아계신 부모를 위한 효도에 마음 쓸 여지를 박탈하고 있음을 나타내는 것이기도 하다.

모든 존재는 자기중심적이다. 그러나 인간은 그 자기중심적인 한계를 뛰어넘으려는 의지가 있다. 인간의 사랑은 바로 이 자기중심적인 것에 대한 도전이요 초월이다. 사랑을 최초로 느끼고 배우게 되는 계기는 부모와 자식 관계에서 비롯된다. 그 사랑이 부모가 자식에게 향할 때 '자녀애'라 하고, 자식이 부모에게 향할 때 '효심孝心'이라 한다. 혈연적으로 가장 가까우며 그것을 최초로 체험을 통해 배우고 익힌 부모와 자녀 사이에 사랑이 결여될 때, 이미 사랑은 존재하지 않는다. 사랑이 존재하지 않을 때 그 사회는 사람의 사회가 아니다. 왜냐하면 자기중심성을 극복하지 못한다면 이미 인간의 특성을 상실한 것이기 때문이다. 여기에서 효는 인간성의 회복에 있어 아주 중요한 일면임이 드러난다고 하겠다.

불교에서는 다겁다생의 인과를 믿고 있다. 그러므로 오랜 세월을 윤회하는 동안 이 세상 모두가 나의 부모 아니었던 사람이 없다. 한 걸음 더 나아가면 불교의 동체대비에서는 나 이외의 모두가 다 나와 한 몸이다. 그것은 사람만이 아니라 모든 존재가 다 나와 하나이다. 여기에 있어 어찌 지금의 자기 자녀들이나 부모에 대한 사랑에만 맴돌 것인가? 따라서 편협한 효는 불교의 본래적인 정신과는 거리가 멀다. 그러나 사랑이 부모와 자식 사이에서 처음으로 체험되고 싹트므로 부모와 자식 사이의 사랑이 없을 때 이미 그보다 넓은 의미의 사랑은 존재하지 않는다. 다시 말해 효가 부모에 대한 범위에만 맴돌지 말고 모든 중생에까지 이르러야 하지만 부모에 대한 효 없이는 넓은 범위의 사랑이 존재하지 않는다는 말이다.

우리 불교인은 그동안 백중이 되면 사찰에서 예경禮敬으로 조상의 천도를 연례적으로 봉행하는 데 그쳤던 것은 아닐까? 백중이 지니는 인간 삶에 있어서의 의미와 가치를 일깨우는 일에 등한해 온 것은 아닐까? 그리하여 백중을 형식화한 행사의 날로 화석화시킨 것은 아닌지 해마다 찾아오는 백중을 맞이하면서 백중의 의의를 다시 한 번 생각해본다.

진정한 세계의 평화

인간이라면 누구나 행복을 추구한다. 그러면서도 영원하고도 무한한 행복을 실현해 본 사람이 과연 있었던가? 부처님은 일찍이 인간의 참다운 행복을 가로막는 근본적인 정신적 독소를 세 가지로 지적하셨다. 탐욕과 분노와 어리석음이 그것이다. 그칠 줄 모르는 탐욕의 갈증과 분노의 불길, 그리고 어리석음의 암흑은 자기 자신의 본질과 위치 및 사명을 잊어버리게 한다고 하셨다. 행복을 추구하나 영원하고 무한한 참된 행복과는 다른 방향으로 우리의 삶을 이끈다고 가르치셨다. 무엇이 우리를 그토록 탐욕, 분노, 어리석음의 소용돌이에 휩싸이게 하는가?

부처님은 인간의 배타적이고 독선적인 이기심 때문이라고 말씀하셨다. 모든 것은 서로의 관계 속에서 함께 존재하는 것인데 이를 깨닫지 못하여 이기심이 나타난다고 하셨다. 여기에서 이기심의 충족을 위한 탐욕의 갈증이 끊이지 않게 되며 그 이기심의 충족에 어긋나는 사태에 분노를 느끼게 되고 그러한 생활이 자기의 본분인 줄 착각하는 어리석은 삶이 계속된다는 것이다.

이기심에는 개인적 이기심도 있고 집단적 이기심도 있다. 집단적 이기심은 개인이 자기가 속한 집단과 동일시된 차원에서 나타나는 이기심이다. 따라서 집단적 이기심은 확대된 개인적 이기심이다. 집단적 이기심은 그 집단적 이익이라는 명분 아래 개인을 희생시키는 것을 정당화하기가 일쑤이다.

여기에서 집단적 전체주의가 나타난다. 또한 집단적 이기심은 자기 집단의 이익과 반대되는 집단에 대해 가공할 만행도 정당시하기가 일쑤이다. 서양에서 있었던 수많은 종교전쟁은 바로 종교적 집단 이익을 위한 집단적 이기심에서 나타났던 것이다. 인류 역사상 피비린내 나는 수많은 전쟁도 실은 국가적 또는 민족적 차원의 집단적 이기심이 충돌한 것 외에 다른 것이 아니다.

이 집단적 이기심은 인간의 자연에 대한 태도에서도 나타난다. 인간은 본질적으로 자연과 더불어 생존할 수 있는 존재이다. 그러므로 자연의 파멸은 곧 인간의 파멸을 의미한다. 자연 공해는 바로 인간 공해로 직결된다. 동물에 대한 불살생은 물론이려니와 초목 하나하나에까지 자비롭게 대하라는 불교 정신의 깊은 뜻을 새롭게 인식해야 한다. 인간이 우주 만물 중에 가장 귀하다고 자화자찬하면서 자연을 인간의 향락을 위한 수단으로만 본다. 이러한 자연관의 피해가 얼마나 심각한지는 요즈음 대두되는 공해를 보면 분명히 알 수 있다. 함께 더불어서만 생존할 수 있다는 불교의 가르침은 오늘날 우리에게 여러 면에서 뜻깊은 교훈을 제시한다.

우리는 민족적으로 남북통일이라는 숙제를 안고 있다. 그동안 북한의 통일 원칙은 적화통일이었다. 평화적인 민족 통일을 위해서는 배타적 독선 방식이 아니라 대화를 통한 상호 이해 방식이어야 한다. 이 대화는 서로의 엄연한 존재를 인정하는 데서만 가능하다. 대한민국의 엄연한 존재를 부정하는 북한의 배타적 독선 속에서 남북의 진정한 대화와 그에 입각한 상호 이해에 바탕을 둔 평화통일은 공염불에 불과하다. 남북통일의 대화를 위해서는 남한 내부에서의 국론 통일이 선행되어야 한다. 지역감정이 애향심의 성격을 벗어나 배타적 분열로 치닫도록 해서는 안 된다. 이러한 배타적 지역감정을 부채질하는 것은 근본적으로 지역 차원의 집단적 이기심을 부채질하는 것이다.

인류의 공동 과제인 세계 평화도 집단적 이기심을 극복해야만 가능하다. 오늘날 세계 도처에서 난무하는 배타적 민족주의나 국가주의 또는 종파주의는 자기 집단의 독자성을 유지하면서도 타 집단의 존재 의의를 적극적으로 인정하고 함께 더불어 공존하며 돕는 데서 성립한다. 여기에 진정한 세계 평화가 가능하다.

공해로 인한 자연의 파괴로 인간은 살아갈 무대를 잃어가고 있다. 인간은 자연과 공존해야 그 생존이 가능하다는 것을 깨닫고 또 타인과 더불어서만 살 수 있음을 알아야 한다.

회향

본분에 충실하라

비구니대학 개교의 의미

불교가 우리나라에 들어와 1,600여 년의 역사를 이끌어 오는 동안 그 사상은 우리 민족의 정신적 기둥으로 발전했다. 통일적 삶의 윤리를 가지지 못한 삼국시대에 들어온 불교는, 국가를 초월한 하나의 통일된 민족 윤리와 사상적 기반을 마련해 주었다. 모든 사람이 다 불성을 지니고 있어 누구나 깨달을 수 있고 이상 세계를 건설할 수 있다는 깨우침을 주어 민중을 계도하였다.

사원은 승려가 예경을 하고 수행하며 설법하는 장소에 그치지 않고 민중이 수양하고 교육하는 곳으로 개방되어 사회교육 기관의 기능을 담당하였다. 불교의 심오한 사상과 사유 방식은 이 땅에 세계적 수준의 철학을 낳게 했고, 또 그 깊고 아름다운 사상이 불교의 신앙 의식과 결합하여 민족 독자의 회화, 건축, 조각 등의 미술을 낳았으며, 향기 높은 문학작품의 탄생을 가능하게 하였다. 때로는 외세 침략으로 민족의 생존이 위험할 때에 민중으로 하여금 주체적 호국의 이념을 가다듬게 하였다.

실로 불교는 우리 민족과 성쇠를 같이하면서 민족적 문화를 창조, 계승시켜온 민족종교인 동시에 우리 민족의 정통성을 형성하여 오늘에 이르게 한 정신적 대들보였다. 이는 우리 불교계의 선인들이 역사의 소명을 올바로 자각하고 이에 바르게 대응하는 불교적 구도 정신과 학문에 철저했기 때문에 가능하였다.

한국불교의 찬란한 역사 가운데 우리 비구니는 보이지 않는 가운데 불교를 대중화하고 생활화하는 데에 실질적인 역할을 해왔다. 조선조 오백 년 동안의 압박과 일제 36년간의 식민지 통치 하에서도 불교가 민중의 생활 속에서 항상 살아 있을 수 있던 것은 불자의 힘이 컸다. 자녀들은 틈틈이 부처님 앞에 손을 모아 기도하며 염불하는 어머니의 모습을 보고 들으면서 자라왔다. 이는 우리 민족의 생활과 사고의 심층에서 불교가 살아 움직이게 한 원동력이 되었다.

그러나 시대가 바뀌어 모든 것이 과학화되고 조직화되고 있다. 청소년들이 생활하고 있는 주변에는 사원도 별로 없다. 과학적인 수단과 체계적인 조직을 통해 파고드는 서양의 종교 앞에 불교는 점차 가정과 사회에서 멀어져 깊은 산속에만 있는 듯한 느낌을 일반에게 준다. 일반에게는 성스러운 사원이 수도하고 학문하는 곳이기보다는 휴양이나 관광지로 인식돼 가는 듯하다. 이제 한국불교의 찬란한 전통과 뛰어난 불교의 진리를 과시하기에는 우리 사회가 그렇게 간단하지 않다.

찬란한 전통을 발전적으로 계승하여 구현할 책임이 우리 불교인에게 있다. 특히 우리 승려는 부모와 가정을 버리고 출가했으니 벌써 부모께 불효를 했거니와, 오늘날에 주어진 사명을 다하지 못하면 또 한 번 불조佛祖에게 불효하는 결과가 될 것이다. 불교를 다시 크게 일으켜 불조의 은혜에 보답함으로써 세속의 부모에게도 보다 큰 효도를 해야 하지 않겠는가?

이와 같은 일을 하기 위해서는 우리 승려 자신이 굳은 신심으로 구도하는 동시에 인간과 사회를 여러 측면에서 이해하고 파악할 수 있는 능력을 갖추어야 한다. 그리고 사회를 올바로 이끌어 부처님의 고매한 사상을 이해시키고 실천할 수 있게 하는 원리와 방법을 알아야 한다. 이 문제는 결국 교육을 통해서 가능하다. 그동안 우리 불교계에 있었던 불명예스런 일은 모두 우리 불교계가 인재를 체계적으로 폭넓게, 그리고 깊이 있게 교육시키지 못한 것에 근본적인 원인이 있음이 입증되고 있다. 교육이 하루 늦으면 불교의 발전은 30년 뒤진다는 것을 자각해야 할 때이다.

우리 불교계에는 비구니를 소홀히 여겼던 바람직하지 못한 폐습이 아직도 남아 있다. 이러한 폐습은 모든 중생의 평등을 부르짖는 불교사상으로 보나 남녀평등의 시대정신으로 보나 개선되어야 한다. 이의 개선을 위한 가장 기본적이고도 본질적인 일은 비구니에게 보다 높은 교육을 시키는 일이다. 이러한 견지에서 볼 때 얼마전 개교한 '한국비구니대학'이 지니는 의미는 대단히 크다고 하겠다. 이는 단지 한국불교 1,600여년의 역사 가운데 체계적이고 종합적인 독자적 비구니 고등교육기관이 처음 설립되었다는 의미가 아니다. 이 대학의 설립은 한국 비구니가 종단과 역사 앞에 무엇을 해야 할 것인가를 크게 자각한 것을 상징적으로 나타내며 오늘날 한국 비구니가 한국 불교사에서 차지하는 위치와 사명을 자각했음을 뜻한다. 그리고 우리가 합심하면 무엇이라도 할 수 있다는 불교계의 저력을 입증한 것이기도 하다.

한국비구니대학의 출발로 한국 불교사는 새로운 계기를 마련하였다. 여기에서 배출되는 비구니는 한국불교를 위해 많은 방면에서 기여해야 할 것이다. 우리 비구니는 이 한국비구니대학의 설립을 두고 자랑도 자만도 하지 않을 것이다. 당연한 일을 했을 뿐이다. 다만 이 대학이 소기의 교육 효과를 거두도록 전국의 비구니는 협력하고 노력할 것이다. 그리하여 한국비구니대학의 발전과 더불어 한국불교에 가일층의 발전이 있도록 할 것이다.

출가의 참다운 의미

출가라고 하면 흔히 스님이 되기 위해 집을 버리고 산으로 들어가는 것으로만 생각하는 경우가 있다. 물론 그것도 출가이기는 하다. 그러나 출가란 그런 의미에만 그치는 것이 아니다. 만약 출가를 단지 집, 즉 가정을 떠나는 것으로만 해석한다면 가출과 다를 바 없다고 할 것이다. 가출과 출가가 다 집을 떠나는 행위이지만 그 행위 자체가 지닌 의미는 본질적으로 다른 것이다.

출가가 속세의 생활을 버리고 수행자의 생활에 들어가는 행위를 뜻함에 비하여, 가출은 끊임없는 속세의 방황 속에서 가정에 대해 불만을 품고 자신의 행위에 대해 깊은 책임감을 자각하지도 않은 채 집을 떠나, 또 다른 속세의 물결 속에 뛰어 드는 것을 가리킨다. 가출은 방황의 행위라 할 것이고 출가는 철저한 자각에 바탕을 둔 새로운 세계로의 비약 행위라 할 것이다. 지금까지의 안일하고 무자각했던 생활을 전면적으로 떨쳐 버림으로써 이루어지는 도약의 행위이다. 가출에 있어서의 '家' 가 가족으로 구성된 공간으로서의 가정을 뜻한다면 출가에 있어서의 '家' 는 안일과 타성 속에서 자신의 본모습을 상실한 채 살아가던 일상생활을 뜻한다. 지금까지의 나 자신을 버리고 전적으로 새로운 내가 되는 것이 출가이다. 이러한 출가는 지금까지 가지고 있던 가치관에 하나의 크나큰 전환이 옴으로써만 가능하다.

종교는 본질적으로 정신적인 것이다. 이는 종교적인 것은 단지 정신적 관념에서만 발견되는 것이고 현실의 실천적인 면에서는 크게 문제가 되지 않는다는 것을 뜻하는 것이 아니다. 이와는 달리 종교는 그 어느 분야보다도 실천을 중시한다. 그러나 종교에서 중시하는 실천은 단지 외형적 행위만의 실천이 아니라 정신적 밑받침 속에서 이루어지는 경건한 실천이다. 따라서 불교에 있어서의 출가도 단지 외형적인 모습이나 행태로서의 출가는 진정한 의미의 출가가 아니다. 그러한 외형적

출가는 육체적인 수준에서의 출가를 넘어서지 못한다. 신출가身出家 정도에 그치는 것이다. 아직 심출가心出家의 경지에는 이르지 못한 것이다.

그렇다고 해서 신출가는 모두 쓸모없는 일이라고 해서는 안 된다. 정신적 수련에 있어서 신체의 역할 또한 무시할 수 없는 것이다. 물론 정신적 상태가 중요한 것이기는 하지만, 그 정신을 한결같이 철저하게 견지한다는 것은 대부분의 경우 처음부터 되는 것이 아니기 때문이다. 많은 경우 육체의 수련과 감각기관의 조정을 어느 정도 성취하고서야 한 번 결단을 내린 자신의 정신적 의지가 일관성을 유지할 수 있기 때문이다. 심출가에 바탕을 둔 신출가가 아니라고 하더라도 신출가는 심출가로 승화되는 계기가 된다는 점에서 의미 있는 일이다.

그러나 심출가 없는 신출가는 그 자체만으로는 본질에 있어서 큰 의의가 있는 것은 아니다. 어떤 계기에 의했던 일단 승려가 되고자 가정을 버리고 삼보 앞에 서원하여 삭발염의削髮染衣한 사람은 이미 몸만이 아니라 정신적으로도 출가한 사람이다. 삼보 앞에서의 서원은 지금까지의 악업을 버리고 불법을 추구하겠다는 맹세요 다짐이니 이것이 바로 심출가이다. 그러나 그 서원을 그대로 견지하여 한시도 잃지 않고 계속 정진함

· 회향 · · · 본분에 충실하라 ·

209

으로써 육체적으로나 정신적으로 구습을 버리고 크게 새로워
진다면 그는 이미 행하여 견지해온 신출가 속에서 정신적 심
출가를 유지한 사람이다. 우리가 처음 발심하여 세속의 집을
버리고 인류 모두가 진정한 안식을 취할 집을 새롭게 짓겠다
고 삼보 앞에 서원하면서 삭발하던 그 정신으로 돌아가는 일
이야말로 승려의 본분사本分事를 새롭게 자각하는 첫걸음이다.

새로운 변화에 대응하자

시공^{時空}은 무시무종이언만, 중생심^{衆生心}은 이맘때쯤이면 해마다 송구영신의 접점에 처했다고 말한다. 이제 우리 부중^{部衆}에게 갑자년^{甲子年}은 어떠한 해였으며, 을축년^{乙丑年}은 어떻게 설계하는 해인가? 우리 부중에 있어서 갑자년은 변환과 실의^{失意}가 교차하는 한 해였다고 할 수 있다. 그리고 을축년에도 대소사가 다가올 것이다. 우리는 이러한 '일'에 대해 간단없는 진로 제시와 좌표 지정에 대한 의견을 개진해온 바 있다.

우리가 본란을 통해 다루어 온 일들은 물론 말초적인 화제나 일없는 한담은 아니었다. 오늘의 일이면서 오늘에 그치지 않는 일, 즉 우리 부중의 공동 관심사로서 어제의 인유^{因由}에 관계하고 내일의 과결果結에 지속적인 업연이 되는 일에 대해 말해 왔다.

갑자년은 우리에게 충격과 경악의 한 해였다. 신흥사 사건, 그에 따른 종단의 비상, 종권에의 회의와 기습 등이 이어졌고, 수습과 대책을 세우느라 시끄러웠던 한 해였다. 을축년은 이같은 행업行業을 개시적開示的으로 정리하여 화젯거리나 한담 옮기기의 차원을 넘어선 자정력과 본원력本願力을 떨쳐 내어야 할 해이다.

그러기 위해서는 대내외적으로 해야 할 일이 많다. 그런데 하나의 '일'이 이루어지는 것이 예정에 따라 그대로만 된다면 간단하게 해낼 수 있겠지만, 실상 그 과정은 매우 복잡하고 변화가 속출한다. 여기서는 계속 관심사이고 이따금 표방하는 인재 양성, 더 구체적으로 말하면 '승려 교육'이라는 문제를 예로 겸해서 '일'로 들어보자.

교육은 간단히 말하건대, 양성하려는 뜻이 있어야 하고 교수와 학습하는 활동이 있어야 하며 기대한 대로 가르쳐졌는지에 대한 확인이 있어야 한다. 여기서 양성하려는 뜻이란 교육의 목적을 가리키고 교수와 학습의 활동이란 교육의 방법을 이른다. 그리고 기대한 대로 가르쳐졌는지에 대한 확인이란 교육의 결과를 이른다. 교무敎務는 이 같은 교육에 있어서 목적, 방법, 결과를 기획, 지도, 평가하는 일일 것이다. 승려 교육의 교무 형식은 세분할 수 있다. 피교육 승려를 대상으로 말할 때에는 그들을 양성하는 활동이 언급되어야 할 것이고 지도하는 승려를 대상으로 말할 때에는 교수와 학습 활동의 최선의 길이 제시되어야 할 것이며, 교육장 사원 또는 위탁처를 대상으로 말할 때에는 조건의 준비성과 경영의 합리성에 대하여 측정되어야 한다.

승려 교육은 시대에 따라 강조점이 달랐다. 초기에는 부처님을 비롯하여 대제자들의 지도에 힘입는 교육이 이루어졌고, 이 삼백 년 후에는 배울 사람이 찾아 나서는[求法] 교육이 행해졌으며, 그 뒤로는 일정한 장소[寺院]에서 교육을 주고받는 것으로 사회성을 띤 교육이 관행으로 나타났다. 그리고 이들이 복합되어 시행되기도 하였으며 근세와 현대로 오면서는 세속에서의 학교 교육이 병행되기도 한다. 특히 여기서 생각하게 되는 것은 오늘날 승려 교육은 어떠한 상태에 있고, 또 그 전망은 어떠한가 하는 것이다.

부처님을 받들고 그 가르침을 펼치려면 삼보 중의 하나인 승보를 가다듬어야 한다는 데서 승려 교육의 존재 가치가 있을 것이다. 그래서 현세의 우리가 할 수 있는 많은 일 중에서도 이 부분에 대하여 먼저 생각하게 되는 것이다. 그러기 위해서는 보다 더 교육 여건을 갖추어야 하고 지도 승려의 교수 활동 내용을 향상시켜야 하며 피교육 승려의 양성을 과학화해야 한다.

그러자면 승려 교육을 책임지고 있는 사람은 사원 또는 위탁장의 교육 활동을 구체적으로 파악하고 커리큘럼 운영과 지원책 등을 정밀화해야 한다. 해를 맞을 때엔 여러 가지 희망찬 계획을 하게 된다. 그러나 보낸 해 속에서의 경험을 교훈으로 승화, 도출하고 다가올 일에 대해 임기응변할 수 있는 준비가 있어야만이 그 계획들은 공허하지 않게 될 것이다.

출가 본분에 충실하라

오늘날 한국불교는 크나큰 전환기에 처해 있다. 이론적으로나 사회적 활동에 있어서나 보다 강력해지지 않으면 찬란한 전통도 그 힘을 발휘하기 어렵게 되었다. 보다 훌륭한 인재들이 그 어느 때보다도 절실하게 요구되는 까닭이 여기에 있다. 우리 운문사 강원은 불교정화 이후 동학사 강원과 더불어 가장 오래된 비구니 강원으로서 수많은 인재가 이곳에서 배출되었다. 그러나 이것으로 우리가 만족할 수는 없다. 그러한 자족으로는 이 전환기를 바람직하게 극복하여 한국불교를 중흥하기 어렵기 때문이다.

그렇다면 어떠한 태도로 무엇을 해야 할 것인가? 우리가 처음 출가해서 승려가 된 계기는 각자 다르다 하더라도 일단 승려의 본분사에 충실해야 할 줄 안다. 그 본분사는 두말할 필요도 없이 스스로의 정진과 다른 사람들을 위한 전법도생傳法度生이다. 그런데 우리가 불조佛祖의 가르침을 학문적으로 연구하는 것은 불법을 바로 알기 위해 스스로를 닦아가는 정진인 동시에 전법도생을 바르게 할 수 있는 자질과 능력을 키우는 일이기도 하다. 전법도생을 위해서는 알기만 할 것이 아니라 안 것을 잘 표현할 수도 있어야 한다. 그 표현은 때로는 언어로, 때로는 글로, 그리고 경우에 따라서는 육체적 움직임을 통해서 이루어질 것이다. 그동안 강원 교육은 아는 능력을 키우는 데 치중해왔고 그것을 표현하는 자질을 연마하는 데는 비교적 소홀히 했다.

전통과 권위를 가진 우리 운문사 강원에서 이번에 회지를 창간하는 것은 전법을 위한 노력 속에서 영글고 다듬어진 것을 체계 있게 엮어 표현해내는 능력을 길러야 하는 일이기도 하여, 운문사 강원이 새롭게 비약하는 제2의 출발이라고도 할 수 있다. 그리고 또 진정 그렇게 되기를 기대해 마지 않는다. 아무쪼록 이 창간의 공덕이 널리 모든 중생에게 회향하도록 발원하며, 그 회향의 성취야말로 한국불교가 오늘날 처한 전환기를 극복하여 새롭게 다시 일어나는 계기가 되기를 빈다.

젊은 학인들에게

또 한 해가 저물어 가면서

법랍法臘이 일 년 늘어난다.

발심하여 입산 출가, 삭발염의, 수계한 후부터

세어가는 불문佛門의 나이가 세속의 나이와 함께 불어난다.

우리는 흔히 세속의 나이가 수를 더해가면서

육신이 젊음을 잃고 노쇠해 가는 것만을

안타까워한다.

세간의 삶을 포기하고 출세간의 길을

택했음에도 불구하고.

출세의 길을 가기 위해 거쳐야 할

수도의 과정 중에서 경전을 배워

부처님의 가르침을 바로 알고자

정진하는 수행의 입문자가 운문사 학인이다.

부처 되기를 궁극 목표로 삼고

간경 수행도를 터득하고자

배움의 길에 있는 수행자이다.

경전의 말씀을 통해

부처님이 어떠한 분이신지

부처가 되는 길은 무엇인지

확연히 깨치게 된다.

간경의 세월이 더 쌓인 상반上班을

하반下班이 귀감으로 삼는 것도 그 때문이리라.

우리 학인들은

한 해 동안 성불의 길로 달리게 했던

부처님 말씀이

가슴에 가득 쌓인 기쁨을 누리며

법열에 찬 얼굴로
다시 새해를 맞이하리라.

화엄경의 말씀까지 다 배우고
부처님의 세계를
이 땅에 구현하는 많은 방편문 가운데
이젠 자신의 해탈문을 하나 얻고서
운문사를 떠나는 졸업반 학인들은
선지식으로 거듭 태어날
새해를 맞으리라.

상구보리는 하화중생과 둘이 아니다.
이 땅의 고통 받는 이웃과 함께
부처님 세계로 가는 것이 부처 되는 길이다.
이 사바세계가 불국토 되게 하는 길이
성불의 길이다.
출세간의 길을 걸어도 세간과 무관할 수 없다.
출세의 길이 바로 성불의 길이다.

여래십호 가운데

세간을 초월해 잘 가셨으면서도

세간을 잘 아신다는 선서, 세간해라는 명호도

부처가 중생의 삶을 외면할 수 없음을 보여준다.

그래서 비록 산사에 머물러도

도심都心의 탁류를 멀리할 수 없다.

내전 못지않게

외전도 겸비할 것을 요구 받는다.

그러나 잊지 말아야 할 것이 있다.

운문사에서의 학인 시절은

탁류에 휩쓸려 떠내려가지 않고

탁류를 정화시킬 수 있는 힘을 기르는 때이다.

외전이 교화의 방법을 위해 필요하다면

정작 교화할 수 있는 힘은

내전, 부처님의 가르침에 있음을

명심해야 할 것이다.

하화중생과 하나인 상구보리는

부처님의 가르침을

철저히 깨침으로써 실현될 수 있다.

그 배움과 깨침의 도량에서 지내는 시절이

운문사 학인 시절임을 가슴에 새기며

새해를 맞는 학인들에게

인천人天의 스승이 되게 하는 법랍이

한 살 더 많아짐에 더불어 기쁜 마음을 보낸다.

한마디 말

바로 엊그제까지 이 도시를 가득 메우며 눈물을 흘리지 않고는 못 배기게 하던 매운 공기의 기막힌 맛은 사라졌지만 유난스럽게 후덥지근한 날씨가 연일 계속되고 있다. 더우면 더운 대로 추우면 추운 대로 견딜만하게 괜찮던 산사의 생활을 생각나게 한다. 그동안 잠 못 드는 밤이 많았다. 숨 막히는 초여름이었다.

사람이 많은 곳에서 그들에게 감로수가 될 부처님 말씀을 충실히 전하며 더불어 살겠다는 원으로 스스로 도시 생활을 택했다. 하필이면 같은 시대에 태어나 여러 갈래로 얽혀 사는 우리 이웃의 꼬이고 헝클어진 아픔을 풀어줄 수 있는 힘을 부처님과의 인연에서 얻을 수 있게 단단히 다리를 놓아주고 싶었다. 동체대비同體大悲, 부처님 전에 머리 조아려 그들의 아픔을 같이 아프고 싶었다. 그들의 문제를 함께 해결하고 싶었다. 늘 우리에게 인연 지어진 이 국토의 모든 이웃의 불행이 시원히 풀리게 해 주옵소서, 하는 기도를 제일로 알며 계속해왔다.

그동안 세월의 흐름 속에서 법당을 찾는 이들의 면면도 많이 변했다. 모든 수준도 눈에 보이게 높아졌다. 어쨌거나 그들이 다녀간 법당 안엔 그들이 두고 간 생활의 진한 때가 자욱하기 마련이었다. 눈시울을 붉히며 그들을 지켜보면서 그들에게 가장 요긴한 한마디 말, 진정으로 그들의 언 가슴을 쓸어내릴 따뜻하고 힘 있는 손을 못 지녔음이 안타깝곤 했다. 말없이 전달되는 시대의 아픔. 맵고 답답한 대기 속에 흐릿한 밤하늘의 별을 쳐다보면서 얼마나 간절하게 부처님의 명호를 불렀는지 모른다. 그 좋은 많은 말 속에서도 막힌 가슴속을 시원하게 훑어 내릴 그런 말 한마디를 들려줄 수 있도록 힘을 주옵소서….

아픔만큼 더 높게 더 많이 요구되는 시대이기에 공부의 길에 서 있는 학인 스님들에게 기대하는 바가 크다. 곧 23회 졸업을 맞는 스님들 , 그리고 방학을 맞이하는 학인 스님들, 부디 졸업이라 하여, 방학이라 하여 공부를 놓지 말 일이다. 아니 결코 놓아서는 안 된다. 게으르지 않음은 영원한 삶의 집이요, 게으름은 죽음의 집이라 하였다. 게으름을 모르는 사람은 죽음도 없고 게으른 사람은 이미 죽음에 이른 것이라 하였다. 우리 종교인은 시대의 아픔을 함께 느끼는 것으로 끝나서는 안 된다. 의연히 그 아픔을 딛고 불방일의 자세로 나아가서 참다운 동체대비에 이를 수 있어야 한다. 방일하지 않는 자만이 한마디의 말이라도 어제보다 더 성숙한 말로써 오늘의 시간을 살아가는 모든 이웃을 격려하며 함께 나아갈 힘을 갖추게 되는 것이다.

곧은 길 설하심을 듣자 온 바엔 그 길 가고 물러섬이 없어야 하리.
제가 저를 나날이 채찍질하여 궁극의 경지에 이를지로다.
〈장로게〉

이런 끊임없는 정진을 통하여 궁극의 경지에 이르러야만 참다운 동체대비를 행할 수 있다. 저 유마거사를 보자. 문수사리께서 병을 앓고 있는 유마거사에게 문병 가서 물었다.

"거사이시여, 병은 진실로 견딜만 합니까. 치료하여도 오히려 더하지나 않으십니까. 세존께서 은근히 안부를 물으시더이다. 거사이시여, 이 병은 무슨 원인으로 일어난 것이며, 그다지도 오랫동안 낫지 않으며 마땅히 어찌해야 없애오리까."

유마거사가 답했다.

"일체중생이 병을 앓는 고로 내가 병들었거니와 만약 일체중생의 병이 없어진다면 곧 나의 병도 없어질 것이니 어떠한 까닭이겠습니까. 보살이 중생을 위하는 까닭으로 생사에 드나니, 생사가 있으면 병이 있거니와 중생의 병이 낫게 되면 보살도 다시는 병들지 않을 것입니다. 보살도 이와 같아서 모든 중생을 사랑하기를 자식같이 하여 중생이 병이 들면 보살도 병이 들고 중생의 병이 낫게 되면 보살도 병이 낫게 됩니다. 또 말씀하시기를 이 병이 무슨 원인으로 일어났느냐고 하시니 보살의 병이란 것은 대비로써 일어나는 것입니다."

실로 우리가 이러한 동체대비에 이를 수 있을 때 비로소 참되이 이웃의 아픔을 함께하게 되는 것이다. 참으로 푸른 눈 높이 뜨고 닦고 또 닦아 이 시대, 이 국토의 이웃에게 말 한마디라도 참다운 동체대비에서 우러나온 말로써 할 수 있는 운문인雲門人이 되기를 바라고 또 바란다.

섣달 창가에서

창밖의 겨울 햇빛이 오늘따라 더욱 밝다. 잎을 다 떨군 빈 나뭇가지들. 마당엔 참새 몇 마리가 가벼이 날아다니며 부지런히 모이를 쪼고 있다. 이런 소박한 정경이 밝은 햇살 속에서 새삼스럽게 다가온다. 시야를 가리거나 덮는 것 없이 있는 그대로의 모습이 드러나는 때이다.

겨울이다. 그것도 세밑이다. 추운 바람에 시달려야 했고, 차가운 모이를 쪼아야 하는 빈 나뭇가지와 참새 몇 마리. 어디 그들뿐이랴. 모두들 힘겨운 추위 속에서 살고 있다. 그렇게 견디면서 그 가운데 서 있는 자기자신의 모습을 가리지도 말고 덮지도 말고 냉정하게 성찰해 볼 수 있는 시간이 필요하다.

문득 얼마 전에 본 TV 어린이 프로그램이 생각난다. '재미있는 금요일'이었던가. 어린이들의 놀이여서 가끔 보곤 하는데 그날 사회자는 한 어린이에게 올해 세운 계획이 잘 이루어졌느냐고 물었다. 그 어린이가 그러지 못했다고 말하자 사회자는 다시 왜 그러지 못했다고 생각하느냐고 물었다. 그러자 그 어린이는 '규칙적인 생활을 안 해서요' 하고 아주 천진하게 똑바른 대답을 했다. 비록 어린이라도 똑바르게 알 수는 있는 것. 다만 그 아는 것을 그대로 행하기가 어려운 법이다.

도림선사와 백낙천 사이에서도 이와 비슷한 문답이 펼쳐졌다. 하루는 백낙천이 도림선사를 찾아가서 물었다.

"불교의 대의大意는 어떤 것입니까?"

도림선사가 답했다.

"악한 일 하지 말고 온갖 선을 행하라. 이것이 불법의 요의要意입니다."

백낙천은 크게 웃으며 말했다.

"부처님의 가르침이 오묘한 줄 알았더니 악을 짓지 말고 선을 행하라는 것은 세 살 난 어린아이도 알고 있는 것 아닙니까?"

그러자 도림선사가 말했다.

"세 살 난 어린아이도 알고는 있으나 여든 살 난 노인도 행하기는 어려운 법입니다."

한 시대를 풍미했던 석학도 그 심성을 꿰뚫는 눈앞에선 도리 없이 꺾이고 말았던 것이다.

그렇다. 알기는 쉽되 행하기는 어려운 이 문제가 한 해를 마감하는 이 시간이기에 더더욱 분명한 소리로 가슴을 두드린다. 어린아이에서 석학에 이르기까지 몰라서가 아니라 잘 알면서도 실행이 안 되는 인간 조건. 건너기 어려운 인간의 길, 실천의 문제. 그런 풀리지 않는 문제들에 보다 가까이 접하기 위해 우리는 혹은 강당에서 혹은 선방에서 각기 자기를 던져 자기 투시를 하고 있다. 외형적인 장엄에서 벗어나 치장하지 않는 자기와 만나는 시간을 비교적 많이 갖고자 하는 사람들이 수행자들일 것이다.

창밖의 빈 나뭇가지를 응시하며 나도 모르게 내 머리를 만지고 내 행색을 훑어본다. 수없이 법法을 말해오면서 얼마나 법답게 살아왔는가. 얼마나 추운 사람들의 추위를 헤아려 보았던가. 아픈 사람들의 아픔을 같이 아파했던가. 억울한 이의 울음을 함께 울어 주었던가. 없는 자의 없음을 같이 시려했던가. 이어지는 물음에 다만 뭇 중생을 향한 참회의 합장을 올린다.

오늘 아침 만난 창밖 식구들. 저 빈 나뭇가지와 참새들이 소중한 합장을 올리게 한다. 우리 운문사는 계획과 실천이 함께하는 도량, 운문사에 주석한 이래 쉼 없이 불사를 해 비구니 강당으로서 갖가지 시설이 구비되어 있는 대가람을 이루어 놓고 후진 양성과 인근 시, 읍, 촌락과 관공서에 이르기까지 포교와 이웃 돕기에도 게을리하지 않는 강주스님. 그 강주스님의 뜻을 따라 주경야독하며 이 한 해도 열심히 살았을 운문사 대중 스님들. 모두 계획에 따라 실천하며 살고 있는 주인공들이다. 새해엔 도서관 건립 불사를 계획한다고 하니 큰 계획도 잘 이루어 내리라 믿는다. 이 겨울, 강당 가득한 학인 스님들, 자기 투시의 눈이 형형炯炯히 여물어 새로 맞이하는 새해에는 해행일치解行一致의 시간을 엮어내기 바란다.

위대한 포기

나는 그때 맑고 깨끗한 29세의 청년이었다. 새까만 머리에 한창 나이인 나는 한없이 즐겁게 유희하고 화려하게 장식하고 마음대로 돌아다녔다. 나는 그때 부모님이 울부짖었고 친척들이 좋아하지 않았지만 수염과 머리를 깎고 가사를 입고 지극한 믿음으로 집을 버렸다. 집 없이 도를 배우면서 몸과 입과 뜻의 청정을 보호하였다. 그래서 나는 이 계신戒身을 성취한 뒤에는 병이 없고 늙음과 죽음 그리고 근심과 더러움이 없는 위없이 안온한 열반을 구하고자 길을 나섰다.

(『중아함』 204경)

『중아함』에 나오는 이 내용은 부처님께서 출가 당시를 회고하신 유명한 회고록이다. 길지 않은 이 회고록에는 생生의 근본 문제를 고민하던 부처님께서 '안온한 열반'을 얻기 위해 출가를 결정한 이유와 출가자로서 자세가 명백하게 나타나 있다. 이 세상 누구도 거역할 수 없는 생로병사 앞에 세속적 영화가 얼마나 무상한가를 보여준 부처님의 출가는 부처님 자신만의 열락悅樂을 위해서가 아니었다. 그것은 무명중생無明衆生을 빛의 세계로 인도하기 위해 무량겁을 두고 닦고 세워온 상구보리 하화중생하려는 원력의 구현이었다. 경전에 나타난 부처님의 출가 네 가지 원[出家四願]은 이를 잘 입증하고 있다.

그 첫째는 중생의 어려움을 구제한다는 원이다. 둘째는 중생의 혹장惑障을 없앨 것이며, 셋째는 중생의 사견邪見을 끊어낼 것이며, 넷째는 중생의 윤회 고통을 제도할 것이다. 이처럼 부처님의 출가서원은 네 가지 모두가 하화중생의 비원에서 비롯되었다. 출가 정신이 철저한 무소유 정신에 입각해야 하는 이유도 바로 여기에 있다. '나'라는 아집에 사로잡혀 명리名利를 구한다거나 내 부모, 내 가정만을 위하는 애욕에 집착한다면 비원의 실천은 불가능하기 때문이다.

세속적 욕망의 삶을 포기하는 출가의 제일 조건은 탐욕, 성냄, 어리석음 등 일체 번뇌의 근원인 집착을 떨어버리는 일이다. 그러나 숙세의 업과 습에 젖은 중생 살이에서 초극적 삶인 성자의 생활로 들어가는 출가가 말처럼 쉽지는 않다. 제1 단계는 부모 형제와 처자로부터 떠나는 육친출가六親出家다. 세속 생활의 둥지인 부모와 가정을 미련 없이 떠남은 일체를 버리는 첫 관문이다. 출가의 제2 단계는 오온출가五蘊出家다. 아무리 육친출가를 단행했어도 색수상행식으로 이뤄지는 심신의 작용이 '나'라는 집착에서 벗어나지 못한다면 이는 형식적인 출가에 불과할 뿐이다. 부처님께서는 깨달음을 발원한 모든 보살에게 누누이 강조하신다. '나'라는 아집을 버리기 위해서 아상我相, 인상人相, 중생상衆生相, 수자상壽者相을 여의라고 거듭거듭 당부하신 『금강경』의 말씀은 그 대표적인 가르침이다.

부처님께서는 사상四相뿐 아니라 상주불멸의 진리가 있다고 믿는 그 집착까지도 버리라고 일러주신다. 그것이 출가의 세 번째 단계인 법계출가法界出家다. 진리 그 자체에 매이거나 끄달리지 않고 법계의 질서에 초연할 수 있을 때 완전한 출가를 이룰 수 있다는 뜻이다. 출가란 이처럼 완성된 삶을 추구하는 대결단이다. 때문에 아무리 삭발염의를 하고 구족계를 수지했어도 부처님께서 몸소 보여주신 출가서원을 소홀히 하거나 외면

한다면 그는 진정한 출가자가 아니다. 삶의 방편으로 출가를 내세운 가출자家出者일 뿐이다. 우리 승단이 시시비비로 조용하지 않은 원인도 바로 이 출가 정신 부재에 있다.

개인의 명리에 눈이 어두워 서로 헐뜯고 심지어는 폭력까지 휘두르는 가출자가 난무하는 아픈 시절에 다시 부처님 출가절 음력 2월 8일을 맞는 우리 출가자들은 옛 어른의 가르침대로 하루 3번씩 머리를 만져보자. 집착의 뿌리인 무명초無明草를 제거한 머리를 만지면서 집을 나선 부처님이 신구의 삼업을 청정히 하여 계신을 성취하셨듯 출가자의 자세를 가다듬자. 출가란 하루아침의 결단으로 마무리되는 것이 아니다. 출가서원이 일상의 삶 속에 실천으로 결행되면서 거듭 출가할 때 완성된 출가를 성취할 수 있다. 운문가풍雲門家風과 현대적 면학 분위기 속에서 집터를 닦듯 자신을 닦고 있는 운문도량의 출가자들은 출가 정신 구현으로 '나'와 이웃의 삶을 새롭게 열 수 있는 구도자가 되어주길 바란다. 유명한 영국의 불교학자 리스 데이비드 박사는 부처님의 출가를 '위대한 포기'라고 표현했다. 운문의 출가자들이여, 위대한 포기 뒤에는 '위대한 열반'이 기다리고 있음을 명심하자.

문서포교 11년

불교는 '붓다의 가르침', 즉 '깨달은 석가모니부처님의 가르침'이다. 깨닫는다는 의미는 무엇인가.

부처님 말씀에 '오직 정법正法이 있어 나로 하여금 스스로 깨달아서 깨달은 사람이 되게 하였다(『잡아함경』)'라고 말씀하셨다. 정법이란 진리를 말하는 것으로 이 진리를 모르면 범부로서 암흑의 생활을 하는 것이고 이 진리만 깨달으면 부처님과 똑같은 광명의 생활, 지혜의 마음이 되는 것이다. 부처님은 장애가 없는 청정한 천안天眼으로써 일체중생을 관찰하시고, '기이하고도 기이하도다. 어째서 여래의 지혜가 몸 가운데 구족하여 있음에도 이것을 보지 못하는가! 내가 마땅히 저 중생을 가르쳐 도를 깨치고 전도顚倒한 번뇌 망상을 완전히 여의게 하여 여래의 지혜가 그 몸 가운데 있으므로 부처와 다름이 없다는 것을 알게 하리라(『화엄경』 권35 「성기품」)'라고 하셨다.

우리가 진리를 모르는 이유는 우리 마음 가운데 있는 번뇌 망상의 구름 때문이다. 이것만 없어진다면 부처님과 똑같은 지혜가 나타나서 진리를 알게 된다. 그러므로 모든 사람을 다 각각 자기의 마음을 수양의 대상으로 하여 번뇌를 제거한 후 지혜를 얻는다는 것이 곧 깨달음의 내용이다. 이러한 의미에서 불교는 자각의 종교다. 깨닫는다는 것은 먼저 자기를 깨닫는 것이다. 그렇다고 자각에만 그치는 것이 아니다. 성인의 심정은 일체중생을 이 자각의 길로 인도하여 구제하지 않고서는 견디지 못하는 대자비심이 용솟음치는 모양이다.

이와 같이 남을 구제하는 것이 또한 불교가 가지는 의의로서 이것을 각타覺他의 교라고 한다. 즉 진리를 자각하고 다른 사람을 깨닫게 하는 것이 불교이다.

이러한 부처님의 가르침에 귀의한 우리는 그 가르침을 바르게 믿고[正信] 바르게 행하여[正行] 위로 보리를 구하고 아래로 중생을 교화하여 다함께 불도를 성취하는 것을 본분으로 삼아야 한다. 이 본분을 수행하는 일환으로 우리에게 깨닫는 길을 가르쳐주신 교주 석가여래와 비지행원悲智行願을 상징으로 한 사대보살四大菩薩을 신앙의 대상으로 하면서 아래의 삼대강령을 내걸고 정신正信, 정행正行을 제창해 온 지 어언 20년이 지났다.

삼대강령

우리는 불도를 성취하자 [當成佛道 個人完成]

우리는 정토를 건설하자 [當顯淨土 國家淨化]

우리는 삼학을 실천하자 [當修三學 實踐躬行]

청중의 다소를 가리지 않고 봉행하던 법회는 쉬는 일이 없었다. 그래서 점차 동신同信, 동행同行하는 회원이 늘어나면서 회원 상호 간의 소식을 알리고 또 가정으로 불음佛音을 전하는 통신 포교의 일환으로 《신행회보》를 발간하게 되었다. 초기에는 등사로 시작하여 모양은 허술하였으나 그 내용은 정성을 다했으며, 쉬지 않고 꾸준히 10년을 달려왔다. 이제 11주년의 기념 특집을 내면서 판형과 체제를 인쇄본으로 바꾸어 《신행불교》라 제호함은 그동안 준비해온 모든 것이 《신행불교》를 속간할 수 있음에 이르렀다는 뜻이다.

이제 모양을 바꾸어 내면서 강조하고 싶은 것은 모든 사람의 것으로 회향하고자 함이다. 물론 모든 사람의 것으로 회향한다는 것은 대단히 어려운 일이다. 그것은 많은 사람의 동참 없이는 불가능한 일이기 때문이다. 오늘 우리의 주변에 함께 하는 모두의 분위기가 흐리다는 것은 공동의식과 공동좌석이 잘 마련되고 있지 않음에도 까닭이 있겠지만, 설사 그러한 공동좌석이 마련된다 해도 쉬 함께 대동할 의향을 내지 않는 것 또한 우리가 갖고 있는 한 양상이다. 그렇지만 《신행불교》는 많은 재가불자나 불교에 관심 있는 모든 사람의 것으로 회향하고자 한다.

신행불교를 회고하며

어느 순간 길을 걷다가 문득 뒤를 돌아보게 되고 서 있는 자리를 한번 둘러보고 싶어질 때가 있다. 특별한 이유가 있어서라기보다 길을 걷는 데 따른 자연스러운 반동일 수도 있고, 누군가 뒤에서 부르는 소리가 느껴지기 때문이기도 해서다.

크지는 않았지만 분명한 생명감을 가지고 시대에 맞는 포교를 해보자는 뜻으로 좁다란 오솔길이나마 미력을 다해 닦으면서 여기까지 오다보니 어느새 자리 잡은 흰머리를 본다. 시간은 한번 가면 그 뿐이다. 다음 시간을 위해서 지나간 시간을 회고해보는 그런 자리에 서서 걸어온 길의 한 부분을 잠시 살펴 정리하고 넘어가려 한다.

만나기 어려운 불법을 만나 부처님을 받들어 모시는 은혜를 입은 이번 생애. 그 도리를 조금이라도 해야겠다는 생각에서 시대 조류에 맞는 포교를 위해 도시에서 생활을 시작했다. 감사와 희열 속에 소중히 여기는 법을 중앙지대 넓은 곳에 바른 진리를 전하는 자리, 온 가족이 함께 쉽게 찾을 수 있는 불교 신행의 장소, 그런 뜻으로 정각사를 창건했다. 당시의 여건으로선 만용에 가까웠는지 모른다.

다행히 김동화 박사님과 여러 선배님의 협조에 힘입어 계획은 대강 궤도를 잡아갔고, 그러면서 통신포교의 일환으로 정기 간행물의 필요함이 절실해 《신행회보》를 발간하기 시작했다. 스스로 택해서 한 일이고 의무라고 생각했기 때문에 처음부터 무상 법보시를 했다. 그래서 정각사의 여건에 따라 무리가 가지 않는 범위에서 체제를 짰다. 처음엔 등사판, 다음엔 공판, 그리고 인쇄판으로 발전했다. 제목도 《신행회보》에서 《신행불교》로 바뀌었다. 때때로 힘겨울 때도 있었으나 18년 전 창간한 후 지금까지 월간으로 한 달도 거르지 않고 간행했다. 보고 싶다는 독자가 있으면 언제나 말없이 전달될 수 있게 했다.

《신행회보》가 출발할 당시에는 이 땅에 불교 월간 잡지가 거의 없었으므로 상당한 사명감을 가지고 작으나마 내실을 기하려고 편집인들이 많은 애를 썼다. 그동안 수고해 온 맹난자, 이원명 씨에게 이 자리를 빌어 고마움을 표한다. 아울러 신앙생활의 중요한 지침서가 된다는 인사편지, 격려편지를 보내준 많은 회원 독자들에게도 감사드리며 그런 격려가 《신행불교》 간행에 큰 힘이 되었다.

이제는 체제가 잘 갖추어진 불교 잡지가 많이 간행되어 문서포교의 필요한 역을 맡아 하게끔 되었다. 서점에만 가면 불교 신앙인의 지침서가 되는 잡지를 쉽게 구해 볼 수 있게 된 지금, 《신행불교》 200호를 정리하면서 이제는 밖으로 보다는 시선을 안으로 돌려야겠다는 생각을 하게 되었다. 정각사 청년회에서 발간하던 《정각》지와 학생회에서 발간하던 《보리》지를 한데 묶어서 신도회, 청년회, 학생회가 함께하는 《신행불교》로 체제를 바꾸기로 했다. 그리하여 정각사 신행 가족들이 고락을 함께 나눌 수 있는 따사로운 자리가 될 수 있게 키워 갔으면 해서였다. 지금 생각으로는 넓은 것보다는 좁더라도 가까이에서 따뜻함을 느낄 수 있는 그런 자리가 필요한 것 같다.

무상 법보시를 한답시고 어려운 소리, 구차스러운 소리를 할 수 없었다. 그러나 나름대로는 혼자의 힘으로 감당하기엔 작은 짐이 아니었다. 많은 불교잡지가 간행되고 있는 지금에 와서 무리를 하는 것이 별 의미가 없다고 생각하게 되었다. 내가 선 자리에서 알맞게 하기로 하고, 계간쪽을 택했다. 그러면서도 한편은 서운하고 면구스럽기도 하다. 그러나 길은 가야 할 곳에 가 닿는 법, 돌아보고 살펴 다시 가는 이 길 역시 가야 할 곳으로 인도되리라 믿는다.

빈자의 일등一燈처럼

《신행불교》 원고 뭉치를 대하니 손끝에 더운 체온이 느껴진
다. 40여 년 전의 일이 어제만 같다. 1969년 1월 첫 출산 후,
소한 추위를 견디고 있는데 광우 스님께서 건너와(정각사 가까이에
시댁이 있었음) 《신행회보》를 걱정하셨다. 손에 쥔 연필이 겉도는
상태에서 창간호를 준비했다. 한파 속에서 향기를 터뜨리는
매화처럼 《신행회보》는 한 그루 법수法樹로 2월에 태어났다.
그 후 나는 《신행회보》와 10년을 함께했다.

정각正覺을 주창하는 정각사에서는 '바로 알고 바로 행해 참사
람 되자'는 정신正信, 정행正行을 근본이념으로 삼아 〈신행회〉를
설립하고 《신행회보》를 펴내기에 이르렀다. 정법의 올바른 이
해와 실천을 위해 포교가 으뜸 과제였으니 광우 스님께서는
문서포교와 법회에 온 힘을 쏟으셨다. 등사판으로 시작된 《신
행회보》가 공판에서 인쇄본으로, 제호도 《신행불교》로 바뀌면
서 월간에서 계간으로 이어져 오다가 1996년 통권 324호로
막을 내리고 말았다. 문서포교의 불모지나 다름없던 그 시대

에는 작은 등불의 역할을 감당한 셈이라고 여겨진다. 빈자의 일등―燈처럼….

광우 스님과의 만남은 1960년 정각사를 찾으면서였다. 카뮈와 사르트르의 실존주의 문학이 풍미하던 당시 나는 대학 1학년생이었다. 국어시간에 박종홍 교수의 「하이데거의 실존주의와 공空사상」을 읽고 깊은 감명을 받아 『금강경』을 공부하겠다는 발심에 법회를 마련한 곳이 정각사 법당이었고, 그때 강의를 맡아주신 분이 김동화 박사님이셨다. 법당을 개축하기 전 작은 다다미방을 꽉 채운 젊은이들은 각 대학의 국문학과, 철학과, 종교학과 학생이 대부분이었다.

김동화 선생님을 모시고 『금강경』, 『유마경』을, 그리고 홍정식 선생님께는 『법화경』을 들었다. 이 밖에도 원의범, 황성기, 홍영진, 황천오, 이영무, 김용정 선생님의 강의도 들을 수 있었다. 먹을거리가 귀하던 시절 공부가 끝나면 명성 노스님께서 손수 끓여주시던 칼국수 맛도 잊을 수 없다. 심신의 허기를 우리는 이곳에서 채웠다.

청중의 대부분이 문인이던 『벽암록』 강의는 시인 김구용 선생께서 맡아 해주셨다. 그때 법당에 앉아계시던 어효선, 유주현, 김구용 선생은 이미 고인이 되셨고, 조홍식, 강두식, 허영자,

김후란, 오정희, 최남백 씨, 그리고 석지현 스님의 모습도 당시의 젊은 얼굴로 기억된다. 법당에는 문향文香이 가득했었다. 정각사는 한국불교의 산실이며, 불교문학의 전당이었다.

그 후 광우 스님께서는 '뇌허학술상'을 제정하여 김동화 박사의 뜻을 기리며 한국불교 발전에 기여한 젊은 학자들에게 학술상을 시상했는데 원의범, 김영태, 박선영, 윤호진, 서윤길, 오형근 선생들이 이 일을 스님과 함께했다. 정각사는 젊은 교수들의 아지트였다. 왜 위의 이름을 장황하게 거론하는가 하면 이분들 모두가 정각사 내지는 《신행불교》와 관련이 있었기 때문이다. 특히 등사해주던 김인덕 교수, 주옥같은 선시禪詩 해석을 연재해주신 석정 스님, 김대은 스님, 홍정식, 김동화 박사님의 원고와 이제 책으로 묶여져 나온 광우 스님의 원고, 그리고 책의 편집을 도운 서윤길 교수, 이원명 선생, 정현 스님의 노고도 잊을 수 없다.

왕성한 생명력을 펼치던 생의 여름은 비껴가고 가을 기운이 완연한 스님의 존안을 뵈면서 자연의 순리를 목도하게 된다. 때에 스님의 낯익은 원고를 대하니 어찌 감회가 없을 수 있으랴. 때론 고투로 쓰여진 글에서 광우 스님의 엄격한 훈도를 느끼게 되고 오욕팔풍五欲八風의 근원이 본래 공적空寂한 것임을 온

몸으로 체득하는 내부적 변화가 있어야 한다는 말씀에는 눈길을 멈추게 된다.

뒤늦게나마 스님의 상재를 진심으로 축하드린다. 이 원고를 스님 생전에 묶어드리려고 채근한 여러 선생께도 이 자리를 빌어 감사드리며, 특히 원고를 꼼꼼이 교정해주신 호진 스님, 자료를 챙기고 워드 작업을 한 현산 스님과 조계종출판사 여러분에게도 고마운 말씀을 드린다.

누구를 만났는가. 그것으로 해서 인생의 향방向方이 결정되는데, 다행하게도 나는 일찍 불법佛法과 만났다. 세상일이 뜻 같지 아니할 때가 많았건만 그런대로 지낼 수 있었던 것도 불법을 만난 덕분이었지 싶다. 무른 뼈대가 굳은 그 정신적 토대는 정각사 회상會上임을 잊지 않고 있다. 손 모아 불은佛恩에 감사드린다.

2009년 푸르른 6월에

수필가 관여觀如 맹난자

회향

1판 1쇄 펴냄 2009년 7월 15일

지은이 광우 스님

펴낸이 이혜총 **전무** 김계성 **편집부장** 최승천 **기획편집** 박선주, 정영옥
디자인 최현규, 남미영 **마케팅** 문성빈, 김미경, 홍경희, 최현호 **회계관리** 차은선
펴낸곳 조계종출판사

전각 새김아트(고암 정병례)

출판등록 제300-2007-78호 **등록일자** 2007년 5월 1일
주소 서울시 종로구 견지동 13번지 대한불교조계종 전법회관 7층
전화 02 733 6390 **팩스** 02 720 6019 **홈페이지** www.jogyebook.com

ⓒ 광우 스님, 2009

ISBN 978-89-93629-22-4 03810